*As mentiras
que os homens contam*

As mentiras
que os homens contam

Luis Fernando Verissimo

PUBLICAÇÕES DOM QUIXOTE

Biblioteca Nacional – Catalogação na publicação
Verissimo, Luis Fernando, 1936
As mentiras que os homens contam. – (Entrelinhas; 9)
ISBN 972-20-2060-9
CDU 821.134.3(81)-31"19"

Publicações Dom Quixote, Lda.
Rua Cintura do Porto
Urbanização da Matinha – Lote A – 2.º C
1900-649 Lisboa · Portugal

Design da colecção: Miguel Imbiriba

Revisão tipográfica: Maria do Mar Liz
1.ª edição: Janeiro de 2002
Fotocomposição: ABC Gráfica, Lda.
Depósito legal n.º: 169 505/01
Impressão e acabamento: Gráfica Manuel Barbosa e Filhos, Lda.

ISBN: 972-20-2060-9

Índice

Nós nunca mentimos. Quando mentimos, é para o bem de vocês. Verdade. Começa na infância, quando a gente diz para a mãe que está sentindo uma coisa estranha, bem aqui, e não pode ir à aula sob pena de morrer no caminho. Se fôssemos sinceros e disséssemos que não tínhamos feito a lição de casa e por isso não podíamos enfrentar a professora, a mãe teria uma grande decepção. Assim, lhe dávamos a alegria de se preocupar conosco, que é a coisa que mãe mais gosta, e a poupávamos de descobrir a nossa falta de caráter. Melhor um doente do que um vagabundo. E se ela não acreditasse, e nos mandasse ir à escola de qualquer jeito, ainda tínhamos um trunfo sentimental. «Então vou ter que inventar uma história para a professora», querendo dizer vou ter que mentir para outra mulher como se ela fosse você. «Está bem, fica em casa. Mas estudando!» E ficávamos em casa, fazendo tudo menos estudar, dando-lhe todas as razões para dizer que não nos agüentava mais, que é outra coisa que mãe também adora.

A primeira namorada. Mentíamos para preservar nosso orgulho, certo?

– Não, não, eu estava passando por acaso. Você acha que eu fico rondando a sua casa o dia inteiro, é?

Mas o que vocês pensariam se nós disséssemos: «Sim, sim, não posso ficar longe de você, penso em você o dia inteiro, aqueles telefonemas que você atende e ninguém fala, sou eu! Confesso, sou eu! Vamos nos casar! Eu sei que eu só tenho 12 anos e você tem 11, mas temos que nos casar! Senão eu morro. Senão eu morro!»? Vocês se assustariam, claro. A paixão nessa idade pode ser um sumidouro. Mentíamos para nos proteger do sumidouro.

Outras namoradas. Outras mentiras.

– Eu só quero ver, juro. Não vou tocar.

Vocês não queriam ser tocadas, mas ao mesmo tempo se decepcionariam se a gente nem tentasse. Nem desse a vocês a oportunidade de afastar a nossa mão, indignadas. Ou de descobrir como era ser tocada.

Namorar – pelo menos no meu tempo, a Renascença – era uma lenta conquista de territórios hostis, como a dos desbravadores do Novo Mundo. Avançávamos no desconhecido, centímetro a centímetro, mentira a mentira.

– Pode, mas só até aqui.

– Está bem. Não passo daí.

– Jura?

– Juro.

– Você passou! Você mentiu!

– Me distraí!

Dávamos a vocês todos os álibis, todas as oportunidades para dizer depois que tudo acontecera devido à nossa calhordice e não à vontade que vocês também sentiam. Não mentíamos para vocês, mentíamos por vocês. Os verdadeiros cavalheiros eram os que enganavam as mulheres. Os calhordas diziam, abjetamente, a verdade. Não faziam o que juravam que não iam fazer, transferindo toda a iniciativa a vocês. É ou não é?

Mas isso tudo mudou, desgraçadamente bem quando eu deixei para trás as tentações do mundo e entrei para uma ordem (a dos monógamos). A revolução sexual, que um dia ainda vai ser comemorada como a Revolução Francesa, com a invenção da pílula anticoncepcional correspondendo à queda da Bastilha e o fim dos sutiãs ao fim da monarquia – e o termo *sans culotte,* claro, adquirindo novo significado –, tornou o relacionamento entre homens e mulheres mais franco e desobrigou os homens de mentir para as mulheres para salvar a honra delas. Aliás, dizem que a coisa virou de tal maneira que hoje a mentira mais comum dita pelos homens é «Esta noite não, querida, estou com dor de cabeça». Não sei. Mas continuamos mentindo a vocês para o bem de vocês.

«Rmmwlmnswl» não significa que nós estamos fingindo dormir com medo de ir ver que barulho é aquele na sala. Significa que estamos fingindo dormir para que você vá ver com seus próprios olhos que não é nada e pare com esses temores ridículos, e se for mesmo ladrão nos avise a tempo de pular pela janela.

«Fiquei fazendo companhia ao Almeidinha, coitado, ele ainda não se refez» significa que a nova gata do Almeidinha só saía com ele se ele conseguisse um par para a prima dela, e nós fazemos tudo por um amigo, mas não queremos estragar a ilusão de vocês de que a separação deixou o Almeidinha arrasado, como ele merecia.

«Está quase igual ao da mamãe» significa que não chega aos pés do que a mamãe fazia, ou então que está muito melhor, mas que o importante é vocês não se sentirem nem tão ressentidas que decidam atirar o doce na nossa cabeça e depois se arrependam, nem tão confiantes que parem de tentar ser iguais à mamãe, e no dia que a gente disser que está sentindo uma coisa estranha bem aqui, só para não ir trabalhar e ficar vendo o programa da Xuxa, vocês não digam «Comigo essa não pega» e nos botem para a rua.

Grande Edgar

Já deve ter acontecido com você.

– Não está se lembrando de mim?

Você não está se lembrando dele. Procura, freneticamente, em todas as fichas armazenadas na memória o rosto dele e o nome correspondente, e não encontra. E não há tempo para procurar no arquivo desativado. Ele está ali, na sua frente, sorrindo, os olhos iluminados antecipando a sua resposta. Lembra ou não lembra?

Neste ponto, você tem uma escolha. Há três caminhos a seguir.

Um, o curto, grosso e sincero.

– Não.

Você não está se lembrando dele e não tem por que esconder isso. O «Não» seco pode até insinuar uma reprimenda à pergunta. Não se faz uma pergunta assim, potencialmente embaraçosa, a ninguém, meu caro. Pelo menos não entre pessoas educadas. Você devia ter vergonha. Não me lembro de você e mesmo que lembrasse não diria. Passe bem.

Outro caminho, menos honesto mas igualmente razoável, é o da dissimulação.

– Não me diga. Você é o... o...

«Não me diga», no caso, quer dizer «Me diga, me diga». Você conta com a piedade dele e sabe que cedo ou tarde ele se identificará, para acabar com a sua agonia. Ou você pode dizer algo como:

– Desculpe, deve ser a velhice, mas...

Este também é um apelo à piedade. Significa «Não torture um pobre desmemoriado, diga logo quem você é!». É uma maneira simpática de dizer que você não tem a menor idéia de quem ele é, mas que isso não se deve à insignificância dele e sim a uma deficiência de neurônios sua.

E há um terceiro caminho. O menos racional e recomendável. O que leva à tragédia e à ruína. E o que, naturalmente, você escolhe.

– Claro que estou me lembrando de você!

Você não quer magoá-lo, é isso! Há provas estatísticas de que o desejo de não magoar os outros está na origem da maioria dos desastres sociais, mas você não quer que ele pense que passou pela sua vida sem deixar um vestígio sequer. E, mesmo, depois de dizer a frase não há como recuar. Você pulou no abismo. Seja o que Deus quiser. Você ainda arremata:

– Há quanto tempo!

Agora tudo dependerá da reação dele. Se for um calhorda, ele o desafiará.

– Então me diga quem eu sou.

Neste caso você não tem outra saída senão simular um ataque cardíaco e esperar, falsamente desacordado, que a ambulância venha salvá-lo. Mas ele pode ser misericordioso e dizer apenas:

– Pois é.

Ou:

– Bota tempo nisso.

Você ganhou tempo para pesquisar melhor a memória. Quem é esse cara, meu Deus? Enquanto resgata caixotes com fichas antigas no meio da poeira e das teias de aranha do fundo do cérebro, o mantém à distância com frases neutras como *jabs* verbais.

– Como cê tem passado?

– Bem, bem.

– Parece mentira.

– Puxa.

(Um colega da escola. Do serviço militar. Será um parente?
Quem é esse cara, meu Deus?)
Ele está falando:
— Pensei que você não fosse me reconhecer...
— O que é isso?!
— Não, porque a gente às vezes se decepciona com as pessoas.
— E eu ia esquecer você? Logo você?
— As pessoas mudam. Sei lá.
— Que idéia!
(É o Ademar! Não, o Ademar já morreu. Você foi ao enterro
dele. O... o... como era o nome dele? Tinha uma perna mecânica. Rezende! Mas como saber se ele tem uma perna mecânica? Você pode chutá-lo, amigavelmente. E se chutar a
perna boa? Chuta as duas. «Que bom encontrar você!» e paf,
chuta uma perna. «Que saudade!» e paf, chuta a outra. Quem
é esse cara?)
— É incrível como a gente perde contato.
— É mesmo.

15

Uma tentativa. É um lance arriscado, mas nesses momentos
deve-se ser audacioso.
— Cê tem visto alguém da velha turma?
— Só o Pontes.
— Velho Pontes!
(Pontes. Você conhece algum Pontes? Pelo menos agora tem
um nome com o qual trabalhar. Uma segunda ficha para localizar no sótão. Pontes, Pontes...)
— Lembra do Croarê?
— Claro!
— Esse eu também encontro, às vezes, no tiro ao alvo.
— Velho Croarê!
(Croarê. Tiro ao alvo. Você não conhece nenhum Croarê e
nunca fez tiro ao alvo. É inútil. As pistas não estão ajudando.
Você decide esquecer toda a cautela e partir para um lance
decisivo. Um lance de desespero. O último, antes de apelar
para o enfarte.)
— Rezende...
— Quem?

Não é ele. Pelo menos isto está esclarecido.
– Não tinha um Rezende na turma?
– Não me lembro.
– Devo estar confundindo.
Silêncio. Você sente que está prestes a ser desmascarado. Ele fala:
– Sabe que a Ritinha casou?
– Não!
– Casou.
– Com quem?
– Acho que você não conheceu. O Bituca.
Você abandonou todos os escrúpulos. Ao diabo com a cautela. Já que o vexame é inevitável, que ele seja total, arrasador. Você está tomado por uma espécie de euforia terminal. De delírio do abismo. Como que não conhece o Bituca?
– Claro que conheci! Velho Bituca...
– Pois casaram.
É a sua chance. É a saída. Você passa ao ataque.

– E não avisaram nada?!
– Bem...
– Não. Espera um pouquinho. Todas essas coisas acontecendo, a Ritinha casando com o Bituca, o Croarê dando tiro, e ninguém me avisa nada?!
– É que a gente perdeu contato e...
– Mas o meu nome está na lista, meu querido. Era só dar um telefonema. Mandar um convite.
– É...
– E você ainda achava que eu não ia reconhecer você. Vocês é que se esqueceram de mim!
– Desculpe, Edgar. É que...
– Não desculpo não. Você tem razão. As pessoas mudam...
(Edgar. Ele chamou você de Edgar. Você não se chama Edgar. Ele confundiu você com outro. Ele também não tem a mínima idéia de quem você é. O melhor é acabar logo com isso. Aproveitar que ele está na defensiva. Olhar o relógio e fazer cara de «Já?!».)
– Tenho que ir. Olha, foi bom ver você, viu?
– Certo, Edgar. E desculpe, hein?

– O que é isso? Precisamos nos ver mais seguido.

– Isso.

– Reunir a velha turma.

– Certo.

– E olha, quando falar com a Ritinha e o Mutuca...

– Bituca.

– E o Bituca, diz que eu mandei um beijo. Tchau, hein?

– Tchau, Edgar!

Ao se afastar, você ainda ouve, satisfeito, ele dizer «Grande Edgar». Mas jura que é a última vez que fará isso. Na próxima vez que alguém lhe perguntar «Você está me reconhecendo?» não dirá nem não. Sairá correndo.

O Falcão

Só uma palavra descrevia a vida de Antônio. Foi a palavra que ele usou quando viu o tamanho da fila do ônibus.

– Que merda!

Estava mal empregado, mal casado, mal tudo. E agora precisava chegar em casa e dizer à mulher que não atingira sua cota de vendas para o mês e que não podiam contar com o extra para pagar a prestação da geladeira nova. E que ela não o incomodasse.

Foi quando sentiu que encostavam a ponta de um cano nas suas costas. E uma voz igualmente dura disse no seu ouvido:

– Entra no carro.

Entrou no carro. O homem que metera a arma nas suas costas entrou em seguida. Antônio ficou espremido entre ele e outro homem. Que parecia ser quem dava as ordens.

– Vamos, vamos – disse o outro homem.

O carro arrancou. Eram quatro. Dois na frente. Os quatro bem vestidos. Quando conseguiu falar, Antônio perguntou:

– O que é isto?

O silêncio.

– É seqüestro?

Não podia ser seqüestro. Ele era um insignificante. Não tinha dinheiro. Não tinha nada. Iam querer sua geladeira nova? Assalto também não era. Não pareciam interessados no que ele tinha nos bolsos (chaveiro, o dinheiro contado para o ônibus, uma fração de bilhete da loteria, as pastilhas para azia). Não pareciam interessados em nada. Olhavam para a frente e não falavam.

— Vocês não pegaram o homem errado, não?

O homem da esquerda, o que parecia estar no comando, finalmente olhou para Antônio. Disse:

— Fica quietinho que é melhor pra todo mundo.

— Mas por que me pegaram?

O homem sentado no banco da frente olhou para trás. Estava sorrindo. Não era um sorriso amigável.

— Você sabe por quê.

E de repente os quatro estavam falando. Cada um dizia uma frase, como se tivessem ensaiado.

— Você está sendo observado desde o aeroporto em Genebra.

— A Margaret, que você levou pro quarto, trabalha para o Alcântara. Foi ela quem nos deu o local do seu encontro com o Frankel, hoje.

— Foi a noite mais cara da sua vida, Falcão.

— Espera um pouquinho. Meu nome não é Falcão.

— Claro que não.

— Sabemos até que vinho você e a Margaret tomaram no jantar.

— A truta estava boa, Falcão?

— Meu nome não é Falcão!

— E a Margaret, que tal? Comparada com a truta?

— Eu posso provar que não sou o Falcão. É só olharem minha identidade!

— Nos respeite, Falcão. Nós estamos respeitando você.

— Mas é verdade! Vocês pegaram o homem errado! Olhem aqui...

Antônio começou a tirar a carteira do bolso de trás mas o homem à sua direita o deteve. O da esquerda falou, num tom magoado:

— Não nos menospreze assim, Falcão. Só porque você é quem é, não é razão para nos menosprezar. Por favor.

— Mas olhem a minha identidade!

– Você tem mil identidades. O Alcântara nos avisou: não deixem ele enrolar vocês. O Falcão é uma águia.

– O Alcântara admira muito você, Falcão. Diz que se você não fosse tão bom, não seria preciso matá-lo.

Antônio deu uma risada. Na verdade, foi mais um latido. Seguido de um longo silêncio. Depois:

– Vocês vão me matar?

– Você sabe que sim.

Novo silêncio. Os quatro homens também pareciam subitamente tomados pela gravidade da situação. O da frente olhou para Antônio e sorriu, desta vez sem desdém. Depois virou-se para a frente e sacudiu a cabeça. Como se recém-tivesse se dado conta do que ia acontecer dali a pouco. Iam matar o Falcão. Estavam vivendo os últimos instantes de vida do grande Falcão. E Antônio sentiu uma coisa que nunca sentira antes. Uma espécie de calma superior. Nunca na sua vida participara de uma coisa tão solene. Quando falou, sua voz parecia a de outra pessoa.

– Por quê?

– O senhor sabe por quê.

– Onde?

Alguns segundos de hesitação. Depois:

– Na ponte.

O motorista lembrou-se:

– O seu Alcântara mandou perguntar se o senhor queria deixar recado pra alguém. Algum último pedido.

Tinham passado a tratá-lo de «senhor».

– Não, não.

O homem da esquerda parecia saber mais do que os outros sobre a vida do Falcão.

– Algum recado para a condessa?

Antônio sorriu tristemente.

– Só diga que pensei nela, no fim.

O homem da frente sacudiu a cabeça outra vez. Que desperdício, terem que matar um homem como Falcão.

Quando chegaram a ponte, ninguém tomou a iniciativa de descer do carro. Ninguém falou. Pareciam constrangidos. Foi Antônio quem disse:

– Vamos acabar logo com isto.

– O senhor quer alguma coisa? Um cigarro?

– Estou tentando parar – brincou Antônio.

Depois se lembrou de um anúncio que vira numa revista e perguntou:

– Nenhum de vocês teria um frasco de Cutty Sark no bolso, teria?

Os quatro riram sem jeito. Não tinham. Antônio deu de ombros. Então não havia por que retardar a execução.

Um dos homens abriu os braços e disse:

– Não nos leve a mal...

– O que é isso? – sorriu Antônio. – O que tem que ser, tem que ser. E não posso me queixar. Tive uma vida cheia.

Os quatro apertaram a mão de Antônio, emocionados. Depois amarraram suas mãos atrás e o jogaram da ponte.

Sebo

O homem disse o próprio nome e ficou me olhando atentamente. Como alguém que tivesse atirado uma moeda num poço e esperasse o «plim» no fundo. Repeti o nome algumas vezes e finalmente me lembrei. Plim. Mas claro.

– Comprei um livro seu não faz muito.

Ele sorriu, mas apenas com a boca. Perguntou se podia entrar. Pedi para ele esperar até que eu desengatasse as sete trancas da porta.

– Você compreende – expliquei –, com essa onda de assassinatos…

Ele compreendia. Estranhos assassinatos. Todas as vítimas eram intelectuais. Ou pelo menos tinham livros em casa. Dezesseis vítimas até então. Se soubesse que seria a décima sétima eu não teria me apressado tanto com as correntes.

– Você leu meu livro? – ele perguntou.

– Li!

Essa terrível necessidade de não magoar os outros. Principalmente os autores novos.

– Não leu – disse ele.

– Li. Li!

Essa obscena compulsão de ser amado.

– Leu todo?

– Todo.

Ele ainda me olhava, desconfiado. Elaborei:

– Aliás, peguei e não larguei mais até chegar ao fim.

Ele ficou em silêncio. Elaborei mais:

– Depois li de novo.

Ele nada. Exclamei:

– Uma beleza!

– Onde é que ele está?

Meu Deus, ele queria a prova. Fiz um gesto vago na direção da estante. Felizmente, nunca botei um livro fora na minha vida. Ainda tenho – ainda tinha – o meu *Livro do bebê*. Com a impressão do meu pé recém-nascido, pobre de mim. Venero livros. Tenho pilhas e pilhas de livros. Gosto do cheiro de livros novos e antigos. Passo dias dentro de livrarias. Gosto de manusear livros, de sentir a textura do papel com os dedos, de sentir seu volume na mão. Me ocupo tanto de livros e quase não me sobra tempo para a leitura.

Ele encontrou seu livro. Nós dois suspiramos, aliviados.

Como é fácil fazer a alegria dos outros, pensei. Com uma pequena mentira eu talvez tivesse dado o empurrão definitivo numa vocação literária que, de outra forma, se frustraria. Num transbordamento de caridade, declarei:

– Que livro! Puxa!

Mas ele não me ouviu. Apertava o livro entre as mãos. Disse:

– O último. Finalmente.

– O quê?

Ele começou a avançar na minha direção. Contou que a tiragem do livro tinha sido pequena. Quinhentos exemplares. Sua mãe comprara 30 e morrera antes de distribuir aos parentes. Ele tinha ficado com 453. Dezessete cópias tinham acabado num sebo que, através dos anos, vendera todos. Ele seguira a pista de 16 dos 17 compradores e os estrangulara. Faltava o décimo sétimo.

– Por quê? – gritei. E acrescentei, anacronicamente: – Homem de Deus?

No livro tinha um cacófato horrível. Ele não podia suportar a idéia de descobrirem seu cacófato.

– Eu não notei! Eu não notei! – protestei.

Não adiantou. Ninguém que tivesse lido o livro podia continuar vivo. Ele queria deixar o mundo tão inédito quanto nascera.

– Mas essas coisas não têm import... – comecei a dizer.

Mas ele me pegou e me estrangulou.

Bem feito! Para eu aprender a não ser bem-educado. Meu consolo é que depois ele descobriria que as páginas do livro não tinham sido abertas e o remorso envenenaria suas noites.

Enfim. É o que dá freqüentar sebos.

Trapezista

Querida, eu juro que não era eu. Que coisa ridícula! Se você estivesse aqui – Alô? Alô? – olha, se você estivesse aqui ia ver a minha cara, inocente como o Diabo. O quê? Mas como, ironia? «Como o Diabo» é força de expressão, que diabo. Você acha que eu ia brincar numa hora desta? Alô! Eu juro, pelo que há de mais sagrado, pelo túmulo de minha mãe, pela nossa conta no banco, pela cabeça dos nossos filhos, que não era eu naquela foto de carnaval no Cascalho que saiu na *Folha da Manhã*. O quê? Alô! Alô! Como é que eu sei qual é a foto? Mas você não acaba de dizer... Ah, você não chegou a dizer... ah, você não chegou a dizer qual era o jornal. Bom, bem. Você não vai acreditar mas acontece que eu também vi a foto. Não desliga! Eu também vi a foto e tive a mesma reação. Que sujeito parecido comigo, pensei. Podia ser gêmeo. Agora, querida, nunca, em nenhum momento, está ouvindo? Em nenhum momento me passou pela cabeça a idéia de que você fosse pensar – querida, eu estou até começando a achar graça –, que você fosse pensar que aquele era eu. Por amor de Deus. Pra começo de conversa, você pode me imaginar de pareô vermelho e colar havaiano, pulando no Cascalho com uma bandida em cada braço? Não, faça-me o favor. E a cara das bandidas! Francamente, já que você não confia na minha fidelidade, que confiasse no meu bom gosto, poxa! O quê?

Querida, eu não disse «pareô vermelho». Tenho a mais absoluta, a mais tranqüila, a mais inabalável certeza que eu disse apenas «pareô». Como é que eu podia saber que era vermelho se a fotografia não era em cores, certo? Alô? Alô? Não desliga! Não... Olha, se você desligar está tudo acabado. Tudo acabado. Você não precisa nem voltar da praia. Fica aí com as crianças e funda uma colônia de pescadores. Não, estou falando sério. Perdi a paciência. Afinal, se você não confia em mim não adianta nada a gente continuar. Um casamento deve se... se... como é mesmo a palavra?... se alicerçar na confiança mútua. O casamento é como um número de trapézio, um precisa confiar no outro até de olhos fechados. É isso mesmo. E sabe de outra coisa? Eu não precisava ficar na cidade durante o carnaval. Foi tudo mentira. Eu não tinha trabalho acumulado no escritório coisíssima nenhuma. Eu fiquei sabe para quê? Para testar você. Ficar na cidade foi como dar um salto mortal, sem rede, só para saber se você me pegaria no ar. Um teste do nosso amor. E você falhou. Você me decepcionou. Não vou nem gritar por socorro. Não, não me interrompa. Desculpas não adiantam mais. O próximo som que você ouvir será do meu corpo se estatelando, com o baque surdo da desilusão, no duro chão da realidade. Alô? Eu disse que o próximo som... que... O quê? Você não estava ouvindo nada? Qual foi a última coisa que você ouviu, coração? Pois sim, eu não falei – tenho certeza absoluta que não falei – em «pareô vermelho». Sei lá que cor era o pareô daquele cretino na foto. Você precisa acreditar em mim, querida. O casamento é como um número de... Sim. Não. Claro. Como? Não. Certo. Quando você voltar pode perguntar para o... Você quer que eu jure? De novo? Pois eu juro. Passei sábado, domingo, segunda e terça no escritório. Não vi carnaval nem pela janela. Só vim em casa tomar um banho e comer um sanduíche e vou logo voltar para lá. Como? Você telefonou para o escritório? Meu bem, é claro que a telefonista não estava trabalhando, não é, bem? Ha, ha, você é demais. Olha, querida? Alô? Sábado eu estou aí. Um beijo nas crianças. Socorro. Eu disse, um beijo.

Desentendimento

Estas coisas são complicadas. Quando o Paulo Otávio disse «Maravilha!» olhando a paisagem pintada na parede do boteco com o nome e o telefone do pintor embaixo, o telefone com mais destaque do que tudo, quis dizer que a pintura era maravilhosamente *kitsch,* entende? E quando, num daqueles impulsos de Paulo Otávio, ele telefonou para o pintor – Amaury – e disse que queria uma pintura dele na parede do seu apartamento novo, estava pensando na sensação que a pintura causaria entre seus amigos na festa de inauguração do novo apartamento, combinando com o ventilador de teto em estilo filme-dos-anos-quarenta-passado-em-Marrocos que desencavara num ferro-velho e com o anão de jardim tão horroroso, mas tão horroroso que era bonito. Todos dariam muita risada e diriam «Coisas de Paulo Otávio».

Agora, é preciso entender que quando o velho Amaury, que nunca ouviu a palavra *kitsch,* recebeu o telefonema e a encomenda, decidiu que tinha chegado a hora do seu reconhecimento e que uma pintura sua na parede não de um boteco, mas de um doutor, um homem educadíssimo, era a consagração, talvez o começo de uma nova carreira, já que ninguém mais queria pintura em botecos. E quando houve o encontro entre os dois – o velho Amaury usando gravata pela primeira vez desde o enterro da patroa e o Paulo Otávio de macacão abóbora –, o Paulo

Otávio começou a dizer que tipo de pintura queria, mas o Amaury o interrompeu com um gesto e disse:

— Deixa comigo, doutor.

Há dias não pensava em outra coisa a não ser naquela pintura, a mais importante da sua vida. Pediu para examinar a parede, tirou medidas e foi para casa fazer alguns esboços. «Esboços», estranhou o Paulo Otávio, mas não disse nada. Dois dias depois o Amaury chegou ao apartamento, pronto para começar. Fique à vontade, a parede é sua, disse o Paulo Otávio, mas olhando com algum temor para os esboços que o Amaury trazia embaixo do braço e pensando «Ai, ai, ai». E quando, dias depois, Paulo Otávio viu o que Amaury estava fazendo na sua parede, bateu pé e gritou que não era nada daquilo, queria uma paisagem igual à do boteco. Mas o Amaury nem ouviu, tão maravilhado estava com a própria obra, «A Odisséia do Homem na Terra», desde os tempos bíblicos até a chegada na Lua, num estilo que combinava figurativismo e abstracionismo, tudo com muito simbolismo, pois certamente um doutor não ia querer na sua parede uma paisagem igual à de um boteco.

— Pare imediatamente! — ordenou Paulo Otávio.

Mas o Amaury nem ouviu. E nos dias seguintes, indiferente aos apelos e às ameaças de Paulo Otávio, que inclusive tivera que atrasar o resto da decoração do apartamento enquanto a pintura não terminava, continuou trabalhando, convencido de que o doutor só estava nervoso porque ainda não entendera toda a concepção da obra. Finalmente Paulo Otávio teve que tomar uma atitude drástica.

— Eu vou chamar a polícia.

— O que é isso, doutor?

— Então pare. Agora. Nem uma pincelada a mais.

— Mas eu estou recém no descobrimento da América.

— Agora!

O Amaury assinou a pintura, botou o telefone, recebeu o pagamento combinado e se foi, deixando Paulo Otávio na dúvida: mandava repintar a parede ou deixava como estava?

Porque é preciso entender que, assim como existe um ponto em que o mau gosto se transforma em *kitsch* e outro, ainda mais difícil de definir, em que o *kitsch* volta a ser mau gosto irredimível, existe um ponto delicadíssimo em que é impossível dizer se a intenção do pintor – ou, no caso, do dono da parede – era o mau gosto mesmo ou era sério, e portanto irre-cuperável pelo *kitsch,* entende? Seja como for, Paulo Otávio decidiu arriscar, deixou a parede como estava e só respirou aliviado quando Vando, o primeiro a chegar na festa, come-çou a pular quando viu a pintura e a gritar «Maravilha! Ma-ravilha!», querendo dizer, claro, «Que horror! Que horror!», mas no sentido de «Maravilha! Maravilha!». Enfim, essas coi-sas são complicadas.

Blefes

Ninguém conhece a alma humana melhor do que um jogador de pôquer. A sua e a do próximo.

Numa mesa de pôquer o homem chega ao pior e ao melhor de si mesmo, e vai da euforia ao ódio numa rodada. Mas sempre como se nada estivesse acontecendo. Os americanos falam do *poker face,* a cara de quem consegue apostar tendo um *Royal Straight Flush* ou nada na mão com a mesma impassividade, embora a lava esteja turbilhonando lá dentro. Porque sabe que está rodeado de fingidos, o jogador de pôquer deve tentar distinguir quem tem jogo de quem não tem e está blefando por um tremor na pálpebra, por um tique na orelha. Ou ultrapassando a fachada e mergulhando na alma do outro. Não se trata de adivinhar seu caráter. Não é uma questão de caráter. O blefe é um lance tão legítimo quanto qualquer outro no pôquer. Os puros são até melhores blefadores, pois só quem não tem culpa pode sustentar um *poker face* perfeito sob o escrutínio hostil da mesa. Há quem diga que ganhar com um blefe supera ganhar com boas cartas e que é no blefe que o pôquer deixa de ser um jogo de azar, e portanto de acaso, e se torna um jogo de talento.

Já fora do pôquer o blefe perde sua respeitabilidade. É apenas sinônimo de engodo, geralmente aplicado a pessoas que não eram o que pareciam ou fingiam ser. A história dos presidentes do Brasil desde Jânio tem sido uma sucessão de blefes. Jango também foi um blefe, na medida em que aparentava ter um poder que não tinha. O golpe de 64 foi um blefe para quem acreditou nele. Um blefe involuntário. Sarney não foi um blefe completo porque ninguém esperava que ele fosse muito diferente. Collor foi um blefe deliberado que manteve a versão política do *poker face,* que é uma cara-de-pau sustentada mesmo sob a ameaça do ridículo.

E chegamos à social-democracia brasileira no poder, que pode até estar agradando a muita gente, mas é outro blefe em relação às expectativas que criou e ao que podia ter sido. Ou talvez esse blefe tenha uma história antiga, e a gente é que não tinha notado.

A aliança

Esta é uma história exemplar, só não está muito claro qual é o exemplo. De qualquer jeito, mantenha-a longe das crianças. Também não tem nada a ver com a crise brasileira, o *apartheid,* a situação na América Central ou no Oriente Médio ou a grande aventura do homem sobre a Terra. Situa-se no terreno mais baixo das pequenas aflições da classe média. Enfim. Aconteceu com um amigo meu. Fictício, claro.

Ele estava voltando para casa como fazia, com fidelidade rotineira, todos os dias à mesma hora. Um homem dos seus 40 anos, naquela idade em que já sabe que nunca será o dono de um cassino em Samarkand, com diamantes nos dentes, mas ainda pode esperar algumas surpresas da vida, como ganhar na loto ou furar-lhe um pneu. Furou-lhe um pneu. Com dificuldade ele encostou o carro no meio-fio e preparou-se para a batalha contra o macaco, não um dos grandes macacos que o desafiavam no jângal dos seus sonhos de infância, mas o macaco do seu carro tamanho médio, que provavelmente não funcionaria, resignação e reticências... Conseguiu fazer o macaco funcionar, ergueu o carro, trocou o pneu e já estava fechando o porta-malas quando a sua aliança escorregou pelo dedo sujo de óleo e caiu no chão. Ele deu um passo para pegar a aliança do asfalto, mas sem querer a chutou. A aliança bateu na roda de um carro que passava e voou para um bueiro. Onde desapareceu diante dos seus olhos, nos quais ele custou a acreditar. Limpou as mãos o melhor que pôde, entrou no carro e seguiu para casa. Começou a pensar no que diria para a mulher. Imaginou a cena. Ele entrando em casa e respondendo às perguntas da mulher antes de ela fazê-las.

– Você não sabe o que me aconteceu!

– O quê?

– Uma coisa incrível.

– O quê?

– Contando ninguém acredita.

– Conta!

– Você não nota nada de diferente em mim? Não está faltando nada?

– Não.

– Olhe.

E ele mostraria o dedo da aliança, sem a aliança.

– O que aconteceu?

E ele contaria. Tudo, exatamente como acontecera. O macaco. O óleo. A aliança no asfalto. O chute involuntário. E a aliança voando para o bueiro e desaparecendo.

– Que coisa – diria a mulher, calmamente.

– Não é difícil de acreditar?

– Não. É perfeitamente possível.

– Pois é. Eu...

– SEU CRETINO!

– Meu bem...

– Está me achando com cara de boba? De palhaça? Eu sei o que aconteceu com essa aliança. Você tirou do dedo para namorar. É ou não é? Para fazer um programa. Chega em casa a esta hora e ainda tem a cara-de-pau de inventar uma história em que só um imbecil acreditaria.

– Mas, meu bem...

– Eu sei onde está essa aliança. Perdida no tapete felpudo de algum motel. Dentro do ralo de alguma banheira redonda. Seu sem-vergonha!

E ela sairia de casa, com as crianças, sem querer ouvir explicações.

Ele chegou em casa sem dizer nada. Por que o atraso? Muito trânsito. Por que essa cara? Nada, nada. E, finalmente:

– Que fim levou a sua aliança?

E ele disse:

– Tirei para namorar. Para fazer um programa. E perdi no motel. Pronto. Não tenho desculpas. Se você quiser encerrar nosso casamento agora, eu compreenderei.

Ela fez cara de choro. Depois correu para o quarto e bateu com a porta. Dez minutos depois reapareceu. Disse que aquilo significava uma crise no casamento deles, mas que eles, com bom-senso, a venceriam.

– O mais importante é que você não mentiu pra mim.

E foi tratar do jantar.

Os Moralistas

– Você pensou bem no que vai fazer, Paulo?

– Pensei. Já estou decidido. Agora não volto atrás.

– Olhe lá, hein, rapaz...

Paulo está ao mesmo tempo comovido e surpreso com os três amigos. Assim que souberam do seu divórcio iminente, correram para visitá-lo no hotel. A solidariedade lhe faz bem. Mas não entende aquela insistência deles em dissuadi-lo. Afinal, todos sabiam que ele não se acertava com a mulher.

– Pense um pouco mais, Paulo. Reflita. Essas decisões súbitas...

– Mas que súbitas? Estamos praticamente separados há um ano!

– Dê outra chance ao seu casamento, Paulo.

– A Margarida é uma ótima mulher.

– Espera um pouquinho. Você mesmo deixou de freqüentar nossa casa por causa da Margarida. Depois que ela chamou vocês de bêbados e expulsou todo mundo.

– E fez muito bem. Nós estávamos bêbados e tínhamos que ser expulsos.

– Outra coisa, Paulo. O divórcio. Sei lá...

– Eu não entendo mais nada. Você sempre defendeu o divórcio!

– É. Mas quando acontece com um amigo...

– Olha, Paulo. Eu não sou moralista. Mas acho a família uma coisa importantíssima. Acho que a família merece qualquer sacrifício.

– Pense nas crianças, Paulo. No trauma.

– Mas nós não temos filhos!

– Nos filhos dos outros, então. No mau exemplo.

– Mas isto é um absurdo! Vocês estão falando como se fosse o fim do Mundo. Hoje, o divórcio é uma coisa comum. Não vai mudar nada.

– Como, não muda nada?

– Muda tudo!

– Você não sabe o que está dizendo, Paulo! Muda tudo.

– Muda o quê?

– Bom, pra começar, você não vai poder mais freqüentar as nossas casas.

– As mulheres não vão tolerar.

– Você se transformará num pária social, Paulo.

– O quê?!

– Fora de brincadeira. Um reprobo.

– Puxa. Eu nunca pensei que vocês...

– Pense bem, Paulo. Dê tempo ao tempo.

– Deixe pra decidir depois. Passado o verão.

– Reflita, Paulo. É uma decisão seriíssima. Deixe para mais tarde.

– Está bem. Se vocês insistem...

Na saída, os três amigos conversam:

– Será que ele se convenceu?

– Acho que sim. Pelo menos vai adiar.

– E no solteiros contra casados da praia, este ano, ainda teremos ele no gol.

– Também, a idéia dele. Largar o gol dos casados logo agora. Em cima da hora. Quando não dava mais para arranjar substituto.

– Os casados nunca terão um goleiro como ele.

– Se insistirmos bastante, ele desiste definitivamente do divórcio.

– Vai agüentar a Margarida pelo resto da vida.

– Pelo time dos casados, qualquer sacrifício serve.

– Me diz uma coisa. Como divorciado, ele podia jogar no time dos solteiros?

– Podia.

– Impensável.

– É.

– Outra coisa.

– O quê?

– Não é reprobo. É réprobo. Acento no «e».

– Mas funcionou, não funcionou?

Seu Corpo

Uma das tantas histórias do verão. Com a mulher e os filhos em Rio das Ostras, Francisco decidiu convidar a dona Patrícia do escritório para ir ao seu apartamento.

– Será?

– Só para ouvir uns discos.

A dona Patrícia foi. Achou o apartamento bonito, aceitou um Martini doce, disse que não tinha preferência em música, mas que era bem romântica.

– A Bethânia cantando o Roberto?

– Mmmmm!

Mais tarde, na delegacia, Francisco argumentou que só tinham dançado. Dançar não era assédio sexual.

– Pergunte do controle remoto – sugeriu dona Patrícia à delegada.

A delegada perguntou. Francisco dançava com o controle remoto do CD na mão. Para poder repetir «Seu corpo» várias vezes.

Quando a delegada precisou sair da sala, Francisco e dona Patrícia ficaram sozinhos pela primeira vez desde a denúncia.

– Pô, dona Patrícia.

Dona Patrícia cantou, com desdém:

– «E eu sinto no seu peito o meu coração bater»...

– Era a Bethânia cantando, dona Patrícia.
– O senhor cantou junto, seu Francisco!

***

A mulher disse:
– Por que, Oliveira?
– Por nada. Eu só quero começar a dormir no lado da parede.
– Mas depois de todos esses anos?
– Para variar, ué.

E o Oliveira passou não só a dormir no lado da parede como virado para a parede, encostado na parede, como alguém preocupado em defender seu pênis de uma facada no meio da noite. O que despertou a desconfiança da mulher, que agora não deixa mais o Oliveira em paz.

– O que você andou fazendo, Oliveira? Hein? Hein? O que você andou aprontando?

– Nada!

E o Oliveira dorme cada vez mais apertado contra a parede. Quando consegue dormir.

Clic

Cidadão se descuidou e roubaram seu celular. Como era um executivo e não sabia mais viver sem celular, ficou furioso. Deu parte do roubo, depois teve uma idéia. Ligou para o número do telefone. Atendeu uma mulher.

– Aloa.

– Quem fala?

– Com quem quer falar?

– O dono desse telefone.

– Ele não pode atender.

– Quer chamá-lo, por favor?

– Ele está no banheiro. Eu posso anotar o recado?

– Bate na peca e chama esse vagabundo! Agora!

Clic. A mulher desligou. O cidadão controlou-se. Ligou de novo.

– Aloa.

– Escute. Desculpe o jeito que eu falei antes. Eu preciso falar com ele, viu? É urgente.

– Ele já vai sair do banheiro.

– Você é a...

– Uma amiga.

– Como é o seu nome?

– Quem quer saber?

O cidadão inventou um nome.

– Taborda. (Por que Taborda, meu Deus?) Sou primo dele.
– Primo do Amleto?
Amleto. O safado já tinha um nome.
– É. De Quaraí.
– Eu não sabia que o Amleto era de Quaraí.
– Pois é.
– Carol.
– Hein?
– Meu nome. É Carol.
– Ah. Vocês são...
– Não, não. Nos conhecemos há pouco.
– Escute, Carol. Eu trouxe uma encomenda pro Amleto. De Quaraí. Uma pessegada, mas eu não me lembro do endereço.
– Eu também não sei o endereço dele.
– Mas vocês...
– Nós estamos num motel. Este telefone é celular.
– Ah.

– Vem cá. Como é que você sabia o número do telefone dele? Ele recém-comprou.
– Ele disse que comprou?
– Por quê?
O cidadão não se conteve.
– Porque ele não comprou, não. Ele roubou. Está entendendo? Roubou. De mim!
– Não acredito.
– Ah, não acredita? Então pergunta pra ele. Bate na porta do banheiro e pergunta.
– O Amleto não roubaria um telefone do próprio primo.
E Carol desligou de novo.
O cidadão deixou passar um tempo, enquanto se recuperava. Depois ligou outra vez.
– Aloa.
– Carol, é o Tobias.
– Quem?
– O Taborda. Por favor, chame o Amleto.
– Ele continua no banheiro.
– Em que motel vocês estão?

– Por quê?

– Carol, você parece ser uma boa moça. Eu sei que você gosta do Amleto...

– Recém nos conhecemos.

– Mas você simpatizou. Estou certo? Você não quer acreditar que ele seja um ladrão. Mas ele é, Carol. Enfrente a realidade. O Amleto pode ter muitas qualidades, sei lá. Há quanto tempo vocês saem juntos?

– Esta é a primeira vez.

– Vocês nunca tinham se visto antes?

– Já, já. Mas, assim, só conversa.

– E você nem sabe o endereço dele, Carol. Na verdade, você não sabe nada sobre ele. Não sabia que ele é de Quaraí.

– Pensei que fosse goiano.

– Aí está, Carol. Isso diz tudo. Um cara que se faz passar por goiano...

– Não, não. Eu é que pensei.

– Carol, ele ainda está no banheiro?

– Está.

– Então saia daí, Carol. Pegue as suas coisas e saia. Esse negócio pode acabar mal. Você pode ser envolvida. Saia daí enquanto é tempo, Carol!

– Mas...

– Eu sei. Você não precisa dizer. Eu sei. Você não quer acabar a amizade. Vocês se dão bem, ele é muito legal. Mas ele é um ladrão, Carol. Um bandido. Quem rouba celular é capaz de tudo. Sua vida corre perigo.

– Ele está saindo do banheiro.

– Corra, Carol! Leve o telefone e corra! Daqui a pouco eu ligo para saber onde você está.

Clic.

Dez minutos depois, o cidadão ligou de novo.

– Aloa.

– Carol, onde você está?

– O Amleto está aqui do meu lado e me pediu para lhe dizer uma coisa.

– Carol, eu...

– Nós conversamos e ele quer pedir desculpas a você. Diz que vai devolver o telefone, que foi só uma brincadeira. Jurou que não vai fazer mais isso.

O cidadão engoliu a raiva. Depois de alguns segundos, falou:

– Como ele vai devolver o telefone?

– Domingo, no almoço da tia Eloá. Diz que encontra você lá.

– Carol, não...

Mas a Carol já tinha desligado.

O cidadão precisou de mais cinco minutos para se recompor. Depois ligou outra vez.

– Aloa.

Pelo ruído, o cidadão deduziu que ela estava dentro de um carro em movimento.

– Carol, é o Torquato.

– Quem?

– Não interessa! Escute aqui. Você está sendo cúmplice de um crime. Esse telefone que você tem na mão, está me entendendo? Esse telefone que agora tem suas impressões digitais. É meu! Esse salafrário roubou meu celular!

– Mas ele disse que vai devolver na...

– Não existe tia Eloá nenhuma! Eu não sou primo dele. Nem conheço esse cafajeste. Ele está mentindo para você, Carol!

– Então você também mentiu!

– Carol...

Clic.

Cinco minutos depois, quando o cidadão se ergueu do chão, onde estivera mordendo o carpete, e ligou de novo, ouviu um «Alô» de homem.

– Amleto?

– Primo! Muito bem. Você conseguiu, viu? A Carol acaba de descer do carro.

– Olha aqui, seu...

– Você já tinha liquidado com o nosso programa no motel, o maior clima e você estragou, e agora acabou com tudo. Ela está desiludida com todos os homens, para sempre. Mandou parar o carro e desceu. Em plena Cavalhada. Parabéns, primo. Você venceu. Quer saber como ela era?

– Só quero o meu telefone.

– Morena clara. Olhos verdes. Não resistiu ao meu celular. Se não fosse o celular, ela não teria topado o programa. E se não fosse o celular, nós ainda estaríamos no motel. Como é que chama isso mesmo? Ironia do destino?

– Quero o meu celular de volta!

– Certo, certo. Seu celular. Você tem que fechar negócios, impressionar clientes, enganar trouxas. Só o que eu queria era a Carol...

– Ladrão!

– Executivo!

– Devolve o meu...

Clic.

Cinco minutos mais tarde. Cidadão liga de novo. Telefone toca várias vezes. Atende uma voz diferente.

– Ahn?

– Quem fala?

– É o Trola.

– Como você conseguiu esse telefone?

– Sei lá. Alguém jogou pela janela de um carro. Quase me acertou.

– Onde você está?

– Como eu estou? Bem, bem. Catando meus papéis, sabe como é. Mas eu já fui de circo. É. Capitão Tovar. Andei até pelo Paraguai.

– Não quero saber de sua vida. Estou pagando uma recompensa por esse telefone. Me diga onde você está que eu vou buscar.

– Bem. Fora a Divalina, tudo bem. Sabe como é mulher. Quando nos vê por baixo, aproveita. Ontem mesmo...

– Onde você está? Eu quero saber onde!

– Aqui mesmo, embaixo do viaduto. De noitinha. Ela chegou com o índio e o Marvão, os três com a cara cheia, e...

O Que Dizer

Dez coisas para dizer quando um visitante mal informado perguntar que buraco enorme é esse no chão. (Jamais diga a verdade, que é para um metrô que só ficará pronto quando o Cristo Redentor perder a paciência, botar as mãos na cintura e ameaçar com intervenção. Ele não vai acreditar.)

1 – Foi um meteorito.

2 – Há insistentes rumores de guerra com a Argentina e o governo está construindo abrigos antiaéreos para a população.

3 – Que buraco?

4 – Todas as ruas estão sendo rebaixadas para aumentar a altura dos prédios, que assim pagarão mais impostos.

5 – Está bem, está bem, mas e o problema dos negros nos Estados Unidos?

6 – Estão procurando restos de uma antiga civilização que viveu aqui, os Cariocas, gente de ótima disposição que desapareceu certo dia durante um engarrafamento de trânsito. Até agora só recuperaram uma camisa listrada, um reco-reco e um leque com a inscrição «Baile dos Batutas, 19 e ilegível». Pouco se sabe dos Cariocas (nome indígena que significa «não deixe para amanhã o que um paulista pode fazer por você hoje»). Foram descobertos por marinheiros holandeses que procuravam um caminho mais curto para o Bolero. Viviam das formas mais rudimentares de agricultura, plantando bananeira na avenida e

atirando verde para colher maduro. Não deixaram descendentes. Outro dia correu o boato de que tinha aparecido um Carioca no Degrau, mas foram investigar e era só um gaúcho de brim desbotado, chiando muito. Mas as escavações continuam.

7 – Como vamos todos entrar pelo cano, estão instalando um bem grande.

8 – Você quer brigar?

9 – São as obras do novo aeroporto, e não faça mais perguntas.

10 – É para o metrô que só ficará pronto quando o... eu sabia que você não ia acreditar.

***

Cinco coisas para dizer quando seu filho menor chegar em casa e quiser saber o que é, pela ordem: contrato de risco, dívida externa e sexo.

1 – Vá dormir!

2 – Pergunte para a sua mãe.

3 – Pergunte para a sua mãe e depois venha me dizer.

4 – Contrato de risco é como se o papai mandasse você procurar minhocas no quintal e, como o quintal é do papai, você ficava com parte das minhocas e o papai com outra parte. Dívida externa é... como, que parte da minhoca? Tanto faz, 40 por cento da minhoca para você e 60 para mim. Não, você não pode botar sua parte da minhoca no prato da sua irmã. Não sei como é que se descobre qual é a cabeça e qual é o rabo da minhoca, e não faz diferença. Está bem. Eu fico com os rabos. Esquece a minhoca! Dívida externa é como a mamãe pedir dinheiro emprestado para o papai para pagar a loja, depois pedir dinheiro emprestado para a sua avó – e sem me dizer nada! – para pagar o papai e depois pedir dinheiro do papai para pagar a sua avó, e ainda gastando a minha gasolina no vai-e-vem! Pode, pode botar sua parte das minhocas no prato da mamãe. Agora sexo é mais ou menos como contrato de risco e dívida externa, só que é fundamental saber onde fica tudo na minhoca. E vá dormir.

5 – Escuta aqui, com que turma você tem andado?

Exéquias

Quis o destino, que é um gozador, que aqueles dois se encontrassem na morte, pois na vida jamais se encontrariam. De um lado Cardoso, na juventude conhecido como Dosão, depois Doso, finalmente – quando a vida, a bebida e as mulheres erradas o tinham reduzido à metade – Dozinho. Do outro lado Rodopião Farias Mello Nogueira Neto, nenhum apelido, comendador, empresário, um dos pós-homens da República, grande chato. Grande e gordo. O seu caixão teve que ser feito sob medida. Houve quem dissesse que seriam necessários dois caixões, um para o Rodopião, outro para o seu ego. Já Dozinho parecia uma criança no seu caixãozinho. Um anjo encardido e enrugado. De Dozinho no seu caixão, disseram:
– Coitadinho.
De Rodopião:
– Como ele está corado!
Ficaram em capelas vizinhas antes do enterro. Os dois velórios começaram quase ao mesmo tempo. O de Rodopião (Rotary, ex-ministro, benemérito do Jockey), concorridíssimo. O de Dozinho, em termos de público, um fracasso. Dozinho só tinha dois ao lado do seu caixão quando começaram os velórios. Por coincidência, dois garçons.
Tanto Dozinho quanto Rodopião tinham morrido por vaidade. Dozinho, apesar de magro («esquálido», como o des-

crevia carinhosamente dona Judite, professora, sua única mulher legítima), se convencera de que estava ficando barrigudo e dera para usar um espartilho. Para não fazer má figura no Dança Brasil, onde passava as noites. As mulheres do Dança Brasil, só por brincadeira, diziam sempre: «Você está engordando, Dozinho. Olhe essa barriga.» E Dozinho apertava mais o espartilho. Um dia caiu na calçada com falta de ar. Não recuperou mais os sentidos. Claro que não morreu só disso. Bebia demais. Se metia em brigas. Arriscava a vida por um amigo. Deixava de comer para ajudar os outros. Se não fosse o espartilho, seria uma navalha ou uma cirrose.

Rodopião tinha ido aos Estados Unidos fazer um implante de cabelo e na volta houve complicações, uma infecção e – suspeita-se – uma certa demora deliberada de sua mulher em procurar ajuda médica.

E ali estavam, Dozinho e Rodopião, sendo velados lado a lado. Dozinho, o bom amigo, por dois amigos. Rodopião, o chato, por uma multidão. O destino etc.

Perto da meia-noite chegaram dona Judite, que recém-soubera da morte do ex-marido e se mandara de Del Castilho, e Magarra, o maior amigo de Dozinho. Magarra chorava mais que dona Judite. «Que perda, que perda», repetia, e dona Judite sacudia a cabeça, sem muita convicção. A capela onde estava sendo velado Rodopião lotara e as pessoas começavam a invadir o velório de Dozinho, olhando com interesse para o morto desconhecido, mas sem tomar intimidades. Magarra quis saber quem era o figurão da capela ao lado. Estava ressentido com aquela afluência. Dozinho é que merecia uma despedida assim. Um homem grisalho explicou para Magarra quem era Rodopião. Deu todos os seus títulos. Magarra ficou ainda mais revoltado. Não era homem de aceitar o destino e as suas ironias sem uma briga. Apontou com o queixo para Dozinho e disse:

– Sabe quem é aquele ali?

– Quem?

– Cardoso. O ex-senador.

– Ah... – disse o homem grisalho, um pouco incerto.

– Sabe a Lei Cardoso? Autoria dele.

Em pouco tempo a notícia se espalhou. Estavam sendo velados ali não um, mas dois notáveis da nação. A freqüência na capela de Dozinho aumentou. Magarra circulava entre os grupos enriquecendo a biografia de Cardoso.

– Lembra a linha média do Fluminense? Década de 40. Tati, Marinhos e Cardoso. O Cardoso é ele.

Também revelou que Cardoso fora um dos inventores do raio *laser*, só que um americano roubara a sua parte. E tivera um caso com Maria Callas na Europa. Algumas pessoas até se lembravam.

– Ah, então é aquele Cardoso?

– Aquele.

A capela de Dozinho também ficou lotada. As pessoas passavam pelo caixão de Rodopião, comentavam: «Está com ótimo aspecto », e passavam para a capela de Dozinho. Cumprimentavam dona Judite, que nunca podia imaginar que Dozinho tivesse tanto prestígio (até um representante do governador!), os dois garçons e Magarra.

– Grande perda.

– Nem me fale – respondia Magarra.

Veio a televisão. Magarra foi entrevistado. Comentou a ingratidão da vida. Um homem como aquele – autor da Lei Cardoso, cientista, com sua fotografia no salão nobre do Fluminense, homem do mundo, um dos luminares do seu tempo – só era lembrado na hora da morte. As pessoas esquecem depressa. O mundo é cruel. A câmara fechou nos olhos lacrimejantes de Magarra. A esta altura tinha mais público para o Dozinho do que para o Rodopião. Pouco antes de fecharem os caixões chegou uma coroa, para Dozinho. Do Fluminense.

O acompanhamento dos dois caixões foi parelho, mas a televisão acompanhou o de Dozinho. O enterro de Rodopião foi mais rápido porque o acadêmico que ia fazer o discurso esqueceu o discurso em casa. Todos se dirigiram rapidamente para o enterro do Cardoso, para não perder o discurso de Magarra.

– Cardoso! – bradou Magarra, do alto de uma lápide. – Mais do que exéquias, aqui se faz um desagravo. A posteridade trará a justiça que a vida te negou. Teus amigos e concidadãos aqui reunidos não dizem adeus, dizem bem-vindo à glória eterna!

Naquela noite, no Dança Brasil, antes de subir ao palco e anunciar o *show* do Rubio Roberto, a voz romântica do Caribe, Magarra disse para Mariuza, a favorita do Dozinho, que estranhara a ausência dela no cemitério àquela manhã. Mariuza se defendeu:

– Como é que eu ia saber que ele era tão importante?

E chorou, sinceramente.

Índios

Era uma reunião de amigos, todos já no lado mais preguiçoso dos 40 anos, e já tinham falado de tudo. Do governo, da seleção, da vida em geral (tudo contra). Foi quando um deles disse:

– Sabe do que eu tenho saudade?

Ninguém disse «Do quê?», porque não precisava. Ele continuou:

– De filme de pirata.

Os outros suspiraram. Era verdade. Não faziam mais filmes de pirata. Mais uma prova de que a vida em geral perdera muito com a passagem dos anos.

– E filme com escadaria?

Desta vez não houve consenso. Como, filme com escadaria?

– Lembra como as pessoas caíam na escada, antigamente? Volta e meia rolava alguém pela escada, e morria.

– Ou então, se era mulher, perdia o filho.

– Exatamente.

Todos suspiraram outra vez. Ninguém mais rolava pela escada, nos filmes. Aliás, as escadas agora é que eram rolantes.

Um deles, só para provar a inveja retroativa do grupo, revelou que certa vez vira um filme de pirata com escadaria. Se passava em Maracaibo.

– Rolava alguém pela escada?

– Uma mulher.

– E perdia o filho?

– Não, mas tinham que fazer o parto às pressas. Alguém pedia «Água quente! Muita água quente!».

– Nunca entendi por que precisavam de tanta água quente para os partos...

Não é preciso dizer que estavam todos na mesa de um bar e que ninguém conseguiria se levantar, mesmo que quisesse. Ninguém queria. A conversa chegara ao ponto ideal de melancolia e revolta. Pediram outra rodada de bebidas. Só então se deram conta de que o garçom desaparecera. Não havia mais ninguém no bar.

– Onde será que...

– Sssssshhh!

– Que foi?

– Ouça.

– Eu não estou ouvindo nada.

– Exatamente. Está quieto demais.

Todos se entreolharam. Seria o que eles estavam pensando? Demorou alguns minutos até um deles conseguir dizer a palavra.

– Índios...

Só podia ser.

– Estamos cercados.

– Alguém devia dar uma espiada lá fora. Para ver quantos são.

– Eu estou desarmado.

– Eu tenho um canivete.

– Então vai você.

– E se a gente tentasse negociar?

– Rá. Você não conhece esses selvagens. Não querem conversa. Querem o nosso couro cabeludo.

– Não terão muita sorte com você...

– Nenhum de nós tem o couro cabeludo que tinha antigamente.

Mais suspiros.

– Acho que devemos tentar romper o cerco e ir para casa.

– Não temos chance. Esses *cheyennes* enxergam no escuro.

– Isto não é território *cheyenne.*

– Você quer dizer...

– Temo que sim.

A palavra foi dita com um misto de terror e admiração.

– *Mescaleros!*

Os piores de todos. *Mescaleros!* Piores do que os *sioux,* os comanches e os *comancheros.* Piores do que os pés-negros e os caiapauas. Estavam perdidos.

– Estamos perdidos.

– Espere...

– O quê?

– Ouvi um assovio. São apaches.

– Tem certeza?

– Não passei a infância e a adolescência dentro de cinemas por nada, meu caro. Os *mescaleros* imitam a coruja. Os apaches assoviam.

– Ainda bem...

– Por quê?

– Os apaches nunca atacam durante a noite. Temos até o amanhecer.

Felizmente reapareceu o garçom e eles puderam pedir mais uma rodada.

A Mentira

João chegou em casa cansado e disse para sua mulher, Maria, que queria tomar um banho, jantar e ir direto para a cama. Maria lembrou a João que naquela noite eles tinham ficado de jantar na casa de Pedro e Luíza. João deu um tapa na testa, disse um palavrão e declarou que, de maneira nenhuma, não iria jantar na casa de ninguém. Maria disse que o jantar estava marcado há uma semana e seria uma falta de consideração com Pedro e Luíza, que afinal eram seus amigos, deixar de ir. João reafirmou que não ia. Encarregou Maria de telefonar para Luíza e dar uma desculpa qualquer. Que marcassem o jantar para a noite seguinte. Maria telefonou para Luíza e disse que João chegara em casa muito abatido, até com um pouco de febre, e que ela achava melhor não tirá-lo de casa àquela noite. Luíza disse que era uma pena, que tinha preparado um *Blanquette de Veau* que era uma beleza, mas que tudo bem. Importante é a saúde e é bom não facilitar. Marcaram o jantar para a noite seguinte, se João estivesse melhor. João tomou banho, jantou e foi se deitar. Maria ficou na sala vendo televisão. Ali pelas nove bateram na porta. Do quarto, João, que ainda não dormira, deu um gemido. Maria, que já estava de camisola, entrou no quarto para pegar seu *robe de chambre*. João sugeriu que ela não abrisse a porta. Naquela hora só podia ser chato. Ele teria que sair da cama. Que deixasse bater. Maria concordou. Não abriu a porta.

Meia hora depois, tocou o telefone, acordando João. Maria atendeu. Era Luíza, querendo saber o que tinha acontecido.

— Por quê? — perguntou Maria.

— Nós estivemos aí há pouco, batemos, batemos e ninguém atendeu.

— Vocês estiveram aqui?

— Para saber como estava o João. O Pedro disse que andou sentindo a mesma coisa há alguns dias e queria dar umas dicas. O que houve?

— Nem te conto — contou Maria, pensando rapidamente. — O João deu uma piorada. Tentei chamar um médico e não consegui. Tivemos que ir a um hospital.

— O quê? Então é grave.

— A febre aumentou. Ele começou a sentir dores no corpo.

— Apareceram pintas vermelhas no rosto — sugeriu João, que agora estava ao lado do telefone, apreensivo.

— Estava com o rosto coberto de pintas vermelhas.

— Meu Deus. Ele já teve sarampo, catapora, essas coisas?

— Já. O médico disse que nunca tinha visto coisa igual.

— Como é que ele está agora?

— Melhor. O médico deu uns remédios. Ele está na cama.

— Vamos já para aí!

— Espere!

Mas Luíza já tinha desligado. João e Maria se entreolharam. E agora? Não podiam receber Pedro e Luíza. Como explicar a ausência das pintas vermelhas?

— Podemos dizer que o remédio que o médico deu foi milagroso. Que eu estou bom. Que podemos até sair para jantar — disse João, já com remorso.

— Eles iam desconfiar. Acho que já estão desconfiados. É por isso que vêm para cá. A Luíza não acreditou em nenhuma palavra que eu disse.

Decidiram apagar todas as luzes do apartamento e botar um bilhete na porta. João ditou o bilhete para Maria escrever.

— Bota aí: «João piorou subitamente. O médico achou melhor interná-lo. Telefonaremos do hospital.»

– Eles são capazes de ir ao hospital à nossa procura.

– Não vão saber que hospital é.

– Telefonarão para todos. Eu sei. A Luíza nunca nos perdoará a *Blanquette de Veau* perdida.

– Então bom aí: «João piorou subitamente. Médico achou melhor interná-lo na sua clínica particular. O telefone lá é 236-6688.»

– Mas esse é o telefone do seu escritório.

– Exato. Iremos para lá e esperaremos o telefonema deles.

– Mas até que a gente chegue ao seu escritório...

– Vamos embora!

Deixaram o bilhete preso na porta. Apertaram o botão do elevador. O elevador já estava subindo. Eram eles!

– Pela escada, depressa!

O carro de Pedro estava barrando a saída da garagem do edifício. Não podiam usar o carro. Demoraram para conseguir um táxi. Quando chegaram ao escritório de João, que perdeu mais tempo explicando ao porteiro a sua presença ali no meio da noite, o telefone já estava tocando. Maria apertou o nariz para disfarçar a voz e atendeu:

– Clínica Rochedo.

«Rochedo?!», espantou-se João, que se atirara, ofegante, numa poltrona.

– Um momentinho, por favor – disse Maria.

Tapou o fone e disse para João que era Luíza. Que mulherzinha! O que a gente faz para preservar uma amizade. E não passar por mentiroso. Maria voltou ao telefone.

– O Sr. João está no quarto 17, mas não pode receber visitas. Sua senhora? Um momentinho, por favor.

Maria tapou o fone outra vez.

– Ela quer falar comigo.

Atendeu com a sua voz normal.

– Alô, Luíza? Pois é. Estamos aqui. Ninguém sabe o que é. Está com pintas vermelhas por todo o corpo e as unhas estão ficando azuis. O quê? Não, Luíza, vocês não precisam vir para cá.

– Diz que é contagioso – sussurrou João, que com a cabeça atirada para trás preparava-se para retomar seu sono na poltrona.

– É contagioso. Nem eu posso chegar perto dele. Aliás, eles vão evacuar toda a clínica e colocar barreiras em todas as ruas aqui perto. Estão desconfiados de que é um vírus africano que...

O Jargão

Nenhuma figura é tão fascinante quanto o Falso Entendido. É o cara que não sabe nada de nada mas sabe o jargão. E passa por autoridade no assunto. Um refinamento ainda maior da espécie é o tipo que não sabe nem o jargão. Mas inventa.

– Ó Matias, você que entende de mercado de capitais...

– Nem tanto, nem tanto...

(Uma das características do Falso Entendido é a falsa modéstia.)

– Você, no momento, aconselharia que tipo de aplicação?

– Bom. Depende do *yield* pretendido, do *throwback* e do ciclo refratário. Na faixa de papéis *top market* – ou o que nós chamamos de topi-marque –, o *throwback* recai sobre o repasse e não sobre o *release,* entende?

– Francamente, não.

Aí o Falso Entendido sorri com tristeza e abre os braços como quem diz «É difícil conversar com leigos...».

Uma variação do Falso Entendido é o sujeito que sempre parece saber mais do que ele pode dizer. A conversa é sobre política, os boatos cruzam os ares, mas ele mantém um discreto silêncio. Até que alguém pede a sua opinião e ele pensa muito antes de se decidir a responder:

– Há muito mais coisa por trás disso do que vocês pensam...

Ou então, e esta é mortal:

– Não é tão simples assim...

Faz-se aquele silêncio que precede as grandes revelações, mas o falso informado não diz nada. Fica subentendido que ele está protegendo as suas fontes em Brasília.

E há o falso que interpreta. Para ele tudo o que acontece deve ser posto na perspectiva de vastas transformações históricas que só ele está sacando.

– O avanço do socialismo na Europa ocorre em proporção direta ao declínio no uso de gordura animal nos países do Mercado Comum. Só não vê quem não quer.

E se alguém quer mais detalhes sobre a sua insólita teoria ele vê a pergunta como manifestação de uma hostilidade bastante significativa a interpretações não ortodoxas, e passa a interpretar os motivos de quem o questiona, invocando a Igreja medieval, os grandes hereges da história, e vocês sabiam que toda a Reforma se explica a partir da prisão de ventre de Lutero?

Mas o jargão é uma tentação. Eu, por exemplo, sou fascinado pela linguagem náutica, embora minha experiência no mar se resuma a algumas passagens em transatlânticos onde a única linguagem técnica que você precisa saber é «Que horas servem o bufê?». Nunca pisei num veleiro e se pisasse seria para dar vexame na primeira onda. Eu enjôo em escada rolante. Mas, na minha imaginação, sou um marinheiro de todos os calados. Senhor de ventos e de velas e, principalmente, dos especialíssimos nomes da equipagem.

Me imagino no leme do meu grande veleiro, dando ordens à tripulação:

– Recolher a traquineta!

– Largar a vela bimbão, não podemos perder esse Vizeu.

O Vizeu é um vento que nasce na costa ocidental da África, faz a volta nas Malvinas e nos ataca a boribordo, cheirando a especiarias, carcaças de baleia e, estranhamente, a uma professora que eu tive no primário.

– Quebrar o lume da alcatra e baixar a falcatrua!

– Cuidado com a sanfona de Abelardo!

A sanfona é um perigoso fenômeno que ocorre na vela parruda em certas condições atmosféricas e que, se não contido a tempo, pode decapitar o piloto. Até hoje não encontraram a cabeça do comodoro Abelardo.

– Cruzar a spínola! Domar a espátula! Montar a sirigaita! Tudo a macambúzio e dois quartos de trela senão afundamos, e o capitão é o primeiro a pular.

– Cortar o cabo de Eustáquio!

O Dia da Amante

Por que não um Dia dos Amantes? Já existe o Dia dos Namorados e hoje em dia a diferença entre namorado e amante tornou-se um pouco vaga. Quando é que namorados se transformam em amantes? Segundo uma moça, experimentada na questão, que consultamos, se a mulher der para o mesmo homem mais de 17 vezes seguidas ele deixa de ser seu namorado e, tecnicamente, passa a ser seu amante. Os critérios variam, no entanto. Em certas regiões, só depois de dormirem juntos dois anos é que namorados se tornam legalmente amantes. Alguns estabelecem um meio-termo razoável: 17 vezes ou dois anos, o que vier primeiro. Outros afirmam que a diferença está no grau de intimidade dos dois tipos de relacionamento. Num caso, as pessoas vão pra qualquer lugar onde haja camas – apartamento, hotel ou motel, sendo desaconselháveis hospitais, quartéis e lojas de móveis – tiram a roupa um do outro às vezes usando só os dentes, atiram-se na cama, rolam de um lado para o outro, enfiam-se os dedos no orifício que estiver por perto, lambem-se, chupam-se, com ou sem canudinho, massageiam-se mutuamente com Chantibon, depois o homem penetra o corpo da mulher com o seu órgão intumescido e os dois corpos movem-se em sincronia até o orgasmo simultâneo, entre gritos e arranhões. Então se separam, suados, e vão tomar um banho juntos antes de saírem para a rua. Quer dizer, uma coisa superficial e corriqueira. Já o namoro, não. No namoro, não apenas o órgão intumescido mas todo o corpo do namorado penetra na própria casa da namorada todas as quartas-feiras. Eles se sentam lado a lado num sofá quente, coxa a coxa, e chegam a entrelaçar os dedos das mãos. Muitas vezes comem a ambrosia preparada pela mãe da moça com a mesma colher, gemendo baixinho. Existe ainda o prazer indescritível de roçar com o braço o lado do seio da namorada, enquanto se conversa sobre futebol com o pai dela, um prazer que aumenta se, por sorte, estiver com um daqueles sutiãs pontudos usados pela última vez no Ocidente por Terry Moore, em 1953. A namorada, não o pai dela. Isto é que é intimidade.

Existem outros critérios para diferenciar namorado de amante. Amante é o namorado que leva pijama, por exemplo. Uma maneira certa de saber que o namorado já é amante é quando, pela primeira vez, em vez de dar um par de meias para ele no Dia dos Namorados, ela dá um par de cuecas. E você terá certeza de que ele é amante quando sugerir que ela lhe dê um certo tipo de cuecas e ela responder, distraidamente, «esse tipo ele já tem…».

Mas estamos falando de namorados, ou amantes, solteiros. No caso do homem casado e com uma amante a coisa se torna mais complicada, e pouco invejável. No caso do homem casado e com várias amantes, se torna mais complicada ainda, e mais invejável. Antes de lançar o Dia dos Amantes os lojistas teriam que fazer uma pesquisa de mercado. O que despertaria a desconfiança dos entrevistados.

— O senhor tem amante?

— Foi minha mulher que o mandou?

— Estamos fazendo uma pesquisa de mercado e…

— Onde é que está o microfone? É chantagem, é?

— Não, cavalheiro. Nós…

— Está bem, está bem. Tem uma moça que eu vejo mas nem se pode chamar de amante. Pelo amor de Deus! É só meia hora de três em três dias. E ela é bem baixinha. «Amante» seria um exagero. Mas eu prometo parar!

Uma vez decidido o lançamento do Dia dos Amantes, as agências de propaganda teriam que escolher a estratégia de *marketing*, ou, como se diz em português, o *approach*.

O tom das peças publicitárias variaria, é claro, de acordo com o tipo de comércio. As lojas de eletrodomésticos poderiam anunciar: «Tudo para o seu segundo lar.» Ou então: «Faça-a se sentir como a legítima. Dê a ela uma máquina de lavar roupa.» As joalherias enfatizariam sutilmente o espírito de revanchismo do seu público-alvo, sugerindo: «Aquele diamante que sua mulher vive pedindo... Dê para sua amante.» Ou, pateticamente: «Já que ela não pode ter uma aliança, dê um anel...» Perfume: «Para que você nunca confunda as duas, dê *Furor* só para a outra...» Utilidades: «No Dia dos Amantes, dê a ela um despertador. Assim você nunca se arriscará a chegar tarde em casa.» Os comerciais para televisão poderiam explorar alguns lugares-comuns. Por exemplo: homem entra no quarto e encontra a amante na cama. Atira um presente no seu colo. Isso a faz se lembrar de uma coisa. Ela abre a gaveta da mesa-de-cabeceira. E tira um presente. Ele vai pegar, mas o presente não é para ele. Ela levanta da cama, abre o armário e dá o presente para o seu amante escondido lá dentro. Congela a imagem. Sobrepõe logotipo do anunciante e a frase: «Neste Dia dos Amantes, dê uma surpresa.» Hein? Hein? Está bem, era só um exemplo.

As confusões seriam inevitáveis. Marido e mulher se encontram numa loja de *lingerie*. Espanto da mulher:

– Você aqui?

Marido:

– Ahn, hum, hmmm, sim, ohm, ahm, ram.

– E escolhendo uma camisola!

– É que, ram, rom, ham, ahm, grum. Certo. Quer dizer...

– E você pode me explicar o que está havendo?

– Grem, grum, rahm, rohrn, ahn...

– Não vai me dizer que estava comprando pra mim. Há anos não uso camisola. Ainda mais desse tipo, preta, transparente e com decote até o umbigo.

– Eu posso explicar.

– Então explique.

– Ahm, rom, rum, rahm, grums.

– Explique melhor.

– Está bem! É para mim, está entendendo agora? Para mim!

– Você?...

– Há anos que eu tento esconder isso de você. Agora você pegou e vou revelar tudo. Adoro dormir de renda preta! Só me controlei até hoje por causa das crianças!

Ela compreende. Tenta acalmá-lo. Mas ele agora está agitado. Bate no balcão e grita:

– Também quero ligas vermelhas, um chapelão e chinelos de pompom grená!

Ela o leva para casa, cheia de resignada compreensão. A amante ficará sem o seu presente no Dia dos Amantes, mas pelo menos o marido terá evitado qualquer suspeita. O único inconveniente é que terá de dormir de camisola preta pelo resto da sua vida conjugal.

Por que não um Dia dos Amantes? Você teria que tomar certas precauções, além de jamais entrar numa loja de *lingerie*. Como uma ausência sua em casa no Dia dos Amantes despertaria desconfiança, telefone para casa antes de ir festejar com a amante.

– Alô, a patroa está?

– Não, senhor.

– Estranho. Ela costuma estar em casa a essa hora. Mas é melhor assim. Diga para ela que eu vou me atrasar um pouco. Estou no hospital para curativos. Nada grave. Fui atropelado por uma manada de elefantes.

– Sim, senhor.

Você se dirige para a casa da amante, com o embrulho do presente embaixo do braço. Começa a pensar na ausência da sua mulher em casa. Onde ela teria ido? Lembra-se então de que a viu mais de uma vez olhando com interesse uma vitrine cheia de cachimbos. Na certa pensando num presente para lhe dar. E súbito você para na calçada como se tivesse batido num elefante. Você não fuma cachimbo!

O Sítio do Ferreirinha

Pela primeira vez na vida ele estava seguindo uma dieta, fazendo tudo o que o médico mandava. Até exercício. Durante anos ele se lamentara por não ter um carro inglês.

— Por que inglês?

— Porque a direção é no lado direito. Você abre a porta e já está na calçada. Não precisa dar toda aquela volta.

E agora estava fazendo até exercício. Corria todas as manhãs. Comprara abrigo, tênis e saía para correr todos os dias antes do café. Chegava em casa eufórico.

— Descobri uma coisa genial.

— O quê?

— Oxigênio!

Cortara completamente os doces. Logo ele, que certa vez provocara um enorme vexame. Estava caminhando na praça com a mulher — sob protestos —, quando de repente se inclinara para afagar a cabeça de um garoto. A mulher até estranhara, ele gostava de crianças mas não era dado àquelas demonstrações. Ele então se endireitara e a puxara pelo braço, forçando-a a apressar o passo.

— Vamos.

— Que pressa é essa?

— Eu roubei o pirulito do garoto. Vamos embora!

Mas era tarde. O garoto já dera o alarme, eles tinham tido que enfrentar uma falange de mães e babás indignadas, ele fora obrigado a devolver o pirulito.

Agora fazia abdominais no meio da sala. Volta e meia se olhava no espelho, alisava a barriga e perguntava:

– Diminuiu, hein? Não diminuiu?

Realmente, a barriga diminuíra. A mulher ficou tão intrigada que foi procurar o novo médico dele, sem ele saber. Precisava conhecer o responsável por aquele milagre. O médico disse que não havia milagre nenhum. Quando ela perguntou como ele conseguira que o marido se dedicasse tanto a perder peso, o que nenhum outro conseguira, o médico sorriu e disse:

– Com o sítio do Ferreirinha.

Contou que, durante a primeira consulta com o novo cliente, perguntava, como quem não quer nada, se o cliente conhecia o Ferreirinha. Não? Pois o Ferreirinha tinha um sítio. E todos os fins de semana o Ferreirinha reunia no seu sítio um grupo de amigos e algumas mulheres. O Ferreirinha conhecia muitas mulheres. Modelos. Misses. Grandes mulheres. E outras. E todo fim de semana tinha o que o Ferreirinha chamava de «A Corrida do Ouro». As mulheres saíam correndo pelos campos do Ferreirinha e os homens saíam correndo atrás. Quem pegasse uma ficava com ela para passar a noite. Os mais rápidos pegavam as mais bonitas. Os mais gordos e fora de forma não pegavam nenhuma. O cliente gostaria de entrar no grupo de amigos do Ferreirinha? Nada mais fácil. O médico apresentava. Mas antes ele precisava perder peso. Entrar em forma. Para não fazer feio no sítio do Ferreirinha. Quando o cliente estivesse no ponto – prometia o médico – seria apresentado ao Ferreirinha.

– Mas – perguntou a mulher – o sítio do Ferreirinha existe mesmo?

– Nem o sítio, nem o Ferreirinha – disse o médico.

– E como é que o senhor faz quando eles chegam no ponto para serem apresentados ao Ferreirinha?

Pensava no marido com uma mistura de raiva e pena. Ele estava perdendo a barriga para correr atrás de mulheres no sítio do Ferreirinha, o cretino. Mas que decepção ia ter quando descobrisse que o sítio não existia, pobrezinho.

– É uma coisa engraçada... – disse o médico. – A senhora sabe que, até hoje, nenhum dos meus clientes pediu para ser apresentado ao Ferreirinha? Eu digo: «Acho que você já está pronto para o sítio» ou «Amanhã vou apresentá-lo ao Ferreirinha». Mas nenhum se acha em condições. Sempre querem treinar mais um pouco.

– Que raça – disse a mulher.

E o médico, mesmo sendo do gênero, teve que concordar:

– Que raça.

Ecos do Carnaval

Com o tempo, o casal desenvolvera um código pra se comunicar de longe nas reuniões sociais. Quando ele esfregava o nariz queria dizer «Vamos embora». Quando ela puxava o lóbulo da orelha esquerda queria dizer «Cuidado», geralmente um aviso para ele mudar de assunto. Puxar o lóbulo da orelha direita significava «Pare de beber». Se ele então girasse a aliança no dedo, era para dizer «Não chateia». Se depois ela coçasse o queixo, era «Você me paga».

Naquela noite houve confusão nos sinais. Mais tarde, em casa, ela gritava: «Você não me viu quase arrancar a orelha esquerda, não?!» Era para ele mudar de assunto, mas ele tinha bebido tanto que confundira a orelha esquerda dela com a direita e pensara que a mensagem era não beber mais. E, enquanto girava a aliança acintosamente no dedo, continuara a contar o caso que tinha ouvido, às gargalhadas. O caso das vassouradas.

Acontecera durante o carnaval. A mulher voltara da praia de surpresa, na quinta de noite, e cruzara na porta de casa com o marido, que saía de sarongue. Se não estivesse de sarongue ele teria inventado uma história para justificar a saída àquela hora. Uma súbita vontade de comer pastel, um amigo doente, qualquer coisa. O sarongue inviabilizara qualquer desculpa. Um sarongue não se disfarça, não se explica, não se nega. O sarongue é o limite da tolerância e do diálogo civilizado. E como o diálogo era impossível, a mulher partira para a agressão. Buscara uma vassoura dentro de casa. E correra com o homem para dentro da casa a vassouradas. A vassouradas!

– Você não sabia que foi com eles que isso aconteceu? Com os donos da casa? – gritava agora a mulher. E completava: – Seu pamonha!

– Como é que eu ia saber? Me contaram a história, mas não deram os nomes!

– E eu puxando a orelha feito uma doida!

Mais tarde, já na cama, ele racionalizou:

– Bem feito.

– O quê?

– Pra ela. Não se bate num homem com uma vassoura.

– Ah, é? E o sarongue?

– Não interessa. Nada justifica a vassoura.

– Sei não...

– Podia bater. Mas não com vassoura.

E indignado, como se estabelecesse um dogma:

– Vassoura, não!

Aí a mulher disse que o mal já estava feito e o melhor que eles tinham a fazer era repassar o código para que coisas como aquela não acontecessem mais.

O Verdadeiro José

José morreu, com justeza poética, num avião da Ponte Aérea, a meio caminho entre São Paulo e Rio. Coração. Morreu de terno cinza e gravata escura, segurando a mesma pasta preta com que desembarcava no Santos Dumont todas as segundas-feiras, durante anos. Só que desta vez a pasta preta desembarcou sobre o seu peito, na maca, como uma lápide provisória.

– O velho Paulista... – disseram seus colegas de trabalho, no velório, lamentando a perda do companheiro tão sério, tão eficiente, tão trabalhador. Seu apelido no Rio era Paulista.

A mulher e o filho de 18 anos mantiveram uma linha de sóbria resignação durante todo o velório. Aquele era o estilo de José. Nada de arroubos ou demonstrações de sentimento. Sobriedade. Foi idéia do filho que o enterrassem de colete.

– A verdade – cochichou um dos sócios de José na empresa é que ele nunca se adaptou aos hábitos cariocas...

– Sempre foi um paulista desterrado – concordou alguém.

– Desterrado? – estranhou um terceiro. – Mas vivia lá e cá...

Foi nesse ponto que entraram no velório, aos prantos, uma senhora e uma moça, ambas vestindo *jeans* iguais e carregando as grandes bolsas de couro com que tinham viajado de São Paulo.

– Carioca! – gritou a mais velha, precipitando-se na direção do caixão. – É você, Carioca?

– Papai! – gritou a mais moça, debruçando-se sobre o solene defunto.

Consternação geral.

Dr. Lupércio, o advogado da família, conseguiu que as duas mulheres de José se reunissem em algum lugar afastado da câmara ardente. O mais difícil foi arrancar a segunda mulher – na ordem de chegada ao velório – de cima do caixão. Em pouco tempo confirmou-se o óbvio. José tinha outra família em São Paulo. A filha tinha 15 anos. A mulher do Rio foi seca:

– A legítima sou eu.

– Meu bem... – começou a dizer a outra.

– Não me chame de seu bem. Nós nem nos conhecemos.

– Calma, calma – pediu o Dr. Lupércio.

– Agora eu sei por que o Carioca nunca quis me trazer ao Rio... – disse a outra.

– O nome dele é José. Ou era, até acontecer isto – disse a primeira, não se sabendo se falava da morte ou da descoberta da segunda família.

– Lá em São Paulo toda a turma chama ele de Carioca.

– «Turma?» – estranhou a primeira. No Rio eles não tinham turma. Raramente saíam de casa. Um ou outro jantar em grupo pequeno. Concertos, às vezes. Geralmente estavam na cama antes das dez.

Na câmara ardente, o filho de José evitava o olhar da sua meia-irmã. Os dois eram parecidos. Tinham os traços do pai. A moça, com os olhos ainda cheios de lágrimas, comentara que aquela era a primeira vez que via o pai de gravata. O filho ia dizer que não se lembrava de jamais ter visto o pai sem gravata, mas achou melhor não dizer nada. Era uma situação constrangedora.

– Pobre do papai – disse a moça, soluçando. – Sempre tão brincalhão...

O filho entendia cada vez menos.

O apelido dele, em São Paulo, era Carioca. Descia em Congonhas todas as quintas-feiras de camiseta esporte. No máximo com um pulôver sobre os ombros. Uma vez chegara até de bermudas e chinelos de dedo. Gostava de encher o apartamento de amigos, ou sair com a turma para um restaurante ou uma boate. E se alguém ameaçasse ir embora, dizendo que «Amanhã é dia de trabalho», ele berrava que paulista não sabia viver, que paulista só pensava em dinheiro, que só carioca sabia gozar a vida. Com sua alegre informalidade, fazia sucesso entre os paulistas. Inclusive nos negócios, apesar do mal-estar que causava sua camisa aberta até o umbigo, em certas salas de reuniões. Todas as segundas-feiras voava para o Rio. Dizia que precisava pegar uma praia, respirar um pouco.

— Você não estranhava quando ele voltava do Rio branco daquele jeito? — perguntou a legítima.

— Ele dizia que não adiantava pegar cor na praia, ficava branco assim que pisava em Congonhas — disse a outra.

As duas sorriram.

Mais tarde, em casa, o Dr. Lupércio refletiu sobre o caso.

— Um herói de dois mundos — sentenciou.

A mulher, como sempre, não estava ouvindo. O Dr. Lupércio continuou:

— No Rio, era o paulista típico. Uma caricatura. Sim, é isto!

O Dr. Lupércio sempre se agitava quando pegava uma tese no ar com seus dedos compridos. Era isso. No Rio, ele era uma caricatura paulista. A imagem carioca do paulista. Em São Paulo, era o contrário.

— E mais. Quando fazia o papel do paulista proverbial, no Rio, era gozação. Quando fazia o carioca em São Paulo, era estratégia de venda.

O advogado, no seu entusiasmo, apertou com força o braço da mulher, que disse «Ai, Lupércio!».

— Você não vê? Ele estava sendo cariocamente malandro quando fazia o paulista, e paulistamente utilitário quando fazia o carioca. Um gigolô do estereótipo! Uma síntese brasileira! Mas qual dos dois era o verdadeiro José?

Duas viúvas dormiam sozinhas. A do Rio sem o seu José, aquela rocha de critérios e responsabilidades em meio à inconsequência carioca. A de São Paulo sem o seu Carioca, aquele sopro de ar marinho no cinza paulista.

As duas suspiraram.

Homem Que É Homem

Homem que é Homem não usa camiseta sem manga, a não ser para jogar basquete. Homem que é Homem não gosta de canapés, de cebolinhas em conserva ou de qualquer outra coisa que leve menos de 30 segundos para mastigar e engolir. Homem que é Homem não come suflê. Homem que é Homem – de agora em diante chamado HQEH – não deixa sua mulher mostrar a bunda para ninguém, nem em baile de carnaval. HQEH não mostra a sua bunda para ninguém. Só no vestiário, para outros homens, e assim mesmo, se olhar por mais de 30 segundos, dá briga.

HQEH só vai ao cinema ver filme do Franco Zeffirelli quando a mulher insiste muito, e passa todo o tempo tentando ver as horas no escuro. HQEH não gosta de musical, filme com a Jill Clayburgh ou do Ingmar Bergman. Prefere filmes com o Lee Marvin e Charles Bronson. Diz que ator mesmo era o Spencer Tracy, e que dos novos, tirando o Clint Eastwood, é tudo veado.

HQEH não vai mais a teatro porque também não gosta que mostrem a bunda à sua mulher. Se você quer um HQEH no momento mais baixo de sua vida, precisa vê-lo no balé. Na saída ele diz que até o porteiro é veado e que se enxergar mais alguém de malha justa, mata.

E o HQEH tem razão. Confesse, você está com ele. Você não quer que pensem que você é um primitivo, um retrógrado e um machista, mas lá no fundo você torce pelo HQEH. Claro, não concorda com tudo o que de diz. Quando ele conta tudo o que vai fazer com a Feiticeira no dia em que a pegar, você sacode a cabeça e reflete sobre o componente de misoginia patológica inerente à jactância sexual do homem latino. Depois começa a pensar no que faria com a Feiticeira se a pegasse. Existe um HQEH dentro de cada brasileiro, sepultado sob camadas de civilização, de falsa sofisticação, de propaganda feminina e de acomodação. Sim, de acomodação. Quantas vezes, atirado na frente de um aparelho de TV vendo a novela das 8 – uma história invariavelmente de humilhação, renúncia e superação femininas – você não se perguntou o que estava fazendo que não dava um salto, vencia a resistência da família a pontapés e procurava uma reprise do *Manix* em outro canal? HQEH só vê futebol na TV. Bebendo cerveja. E nada de cebolinhas em conserva! HQEH arrota e não pede desculpas.

***

Se você não sabe se tem um HQEH dentro de você, faça este teste. Leia esta série de situações. Estude-as, pense, e depois decida como você reagiria em cada situação. A resposta dirá o seu coeficiente de HQEH. Se pensar muito, nem precisa responder: você não é HQEH. HQEH não pensa muito!

Situação 1

Você está num restaurante com nome francês. O cardápio é todo escrito em francês. Só o preço está em reais. Muitos reais. Você pergunta o que significa o nome de um determinado prato ao *maître*. Você tem certeza que o *maître* está se esforçando para não rir da sua pronúncia. O *maître* levará mais tempo para descrever o prato do que você para comê-lo, pois o que vem é uma pasta vagamente marinha em cima de uma torrada do tamanho aproximado de uma moeda de um real, embora custe mais de cem. Você come de um golpe só, pensando no que os operários são obrigados a comer. Com inveja. Sua acompanhante pergunta qual é o gosto e você responde que não deu tempo para saber. O prato principal vem trocado. Você tem certeza que pediu um «Boeuf à quelque chose» e o que vem é uma fatia de pato sem qualquer acompanhamento. Só. Bem que você tinha notado o nome: «Canard melancolique». Você a princípio sente pena do pato, pela sua solidão, mas muda de idéia quando tenta cortá-lo. Ele é um duro, pode agüentar. Quando vem a conta, você nota que cobraram pelo pato e pelo «boeuf» que não veio. Você: a) paga assim mesmo para não dar à sua acompanhante a impressão de que se preocupa com coisas vulgares como o dinheiro, ainda mais o brasileiro; b) chama discretamente o *maître* e indica o erro, sorrindo para dar a entender que, «Merde, alors», estas coisas acontecem; ou c) vira a mesa, quebra uma garrafa de vinho contra a parede e, segurando o gargalo, grita: «Eu quero o gerente e é melhor ele vir sozinho!»

Situação 2
Você foi convencido pela sua mulher, namorada ou amiga – se bem que HQEH não tem «amigas», quem tem «amigas» é veado – a entrar para um curso de Sensitivação Oriental. Você reluta em vestir a malha preta, mas acaba sucumbindo. O curso é dado por um japonês, provavelmente veado. Todos sentam num círculo em volta do japonês, na posição de lótus. Menos você, que, como está um pouco fora de forma, só pode sentar na posição do arbusto despencado pelo vento. Durante 15 minutos todos devem fechar os olhos, juntar as pontas dos dedos e fazer «rom», até que se integrem na Grande Corrente Universal que vem do Tibete, passa pelas cidades sagradas da Índia e do Oriente Médio e, estranhamente, bem em cima do prédio do japonês, antes de voltar para o Oriente. Uma vez atingido este estágio, todos devem virar para a pessoa ao seu lado e estudar seu rosto com as pontas dos dedos. Não se surpreendendo se o japonês chegar por trás e puxar as suas orelhas com força para lembrá-lo da dualidade de todas as coisas. Durante o «rom» você faz força, mas não consegue se integrar na grande corrente universal, embora comece a sentir uma sensação diferente que depois revela-se ser câimbra. Você: a) finge que atingiu a integração para não cor-

tar a onda de ninguém; b) finge que não entendeu bem as instruções, engatinha fazendo «rom» até o lado daquela grande loura e, na hora de tocar o seu rosto, erra o alvo e agarra os seios, recusando-se a soltá-los mesmo que o japonês quase arranque as suas orelhas; c) diz que não sentiu nada, que não vai seguir adiante com aquela bobagem, ainda mais de malha preta, e que é tudo coisa de veado.

Situação 3
Você está numa daquelas reuniões em que há lugares de sobra para sentar, mas todo mundo senta no chão. Você não quis ser diferente, se atirou num almofadão colorido e tarde demais descobriu que era a dona da casa. Sua mulher ou namorada está tendo uma conversa confidencial, de mãos dadas, com uma moça que é a cara do Charlton Heston, só que de bigode. O jantar é à americana e você não tem mais um joelho para colocar o seu copo de vinho enquanto usa os outros dois para equilibrar o prato e cortar o pedaço de pato, provavelmente o mesmo do restaurante francês, só que algumas semanas mais velho. Aí o cabeleireiro de cabelo mechado ao seu lado oferece:
– Se quiser usar o meu...
– O seu...?
– Joelho.
– Ah...
– Ele está desocupado.
– Mas eu não o conheço.
– Eu apresento. Este é o meu joelho.
– Não. Eu digo, você...
– Eu, hein? Quanta formalidade. Aposto que se eu estivesse oferecendo a perna toda você ia pedir referências. Ti-au.
Você: a) resolve entrar no espírito da festa e começa a tirar as calças; b) leva seu copo de vinho para um canto e fica, entre divertido e irônico, observando aquele curioso painel humano e organizando um pensamento sobre estas sociedades tropicais, que passam da barbárie para a decadência sem a etapa intermediária da civilização; ou c) pega sua mulher ou namorada e dá o fora, não sem antes derrubar o Charlton Heston com um soco.

Se você escolheu a resposta *a* para todas as situações, não é um HQEH. Se você escolheu a resposta *b*, não é um HQEH. E se você escolheu a resposta *c*, também não é um HQEH. Um HQEH não responde a testes. Um HQEH acha que teste é coisa de veado.

Este país foi feito por Homens que eram Homens. Os desbravadores do nosso interior bravio não tinham nem *jeans,* quanto mais do Pierre Cardin. O que seria deste país se Dom Pedro I tivesse se atrasado no dia 7 em algum cabeleireiro, fazendo massagem facial e cortando o cabelo à navalha? E se tivesse gritado, em vez de «Independência ou Morte», «Independência ou Alternativa Viável, Levando em Consideração Todas as Variáveis!»? Você pode imaginar o Rui Barbosa de sunga de crochê? O José do Patrocínio de *colant?* O Tiradentes de *kaftan* e brinco numa orelha só? Homens que eram Homens eram os bandeirantes. Como se sabe, antes de partir numa expedição, os bandeirantes subiam num morro em São Paulo e abriam a braguilha. Esperavam até ter uma ereção e depois seguiam na direção que o pau apontasse. Profissão para um HQEH é motorista de caminhão. Daqueles que, depois de comer um mocotó com duas Malzibier, dormem na estrada e, se sentem falta de mulher, ligam o motor e trepam com o radiador. No futebol HQEH é beque central, cabeça-de-área ou centroavante. Meio-de-campo é coisa de veado. Mulher do amigo de Homem que é Homem é homem. HQEH não tem amizade colorida, que é a sacanagem por outros meios. HQEH não tem um relacionamento adulto, de confiança mútua, cada um respeitando a liberdade do outro, numa transa, assim, extraconjugal mas assumida, entende? Que isso é papo de mulher pra dar pra todo mundo. HQEH acha que movimento *gay* é coisa de veado.

HQEH nunca vai a *vernissage.*

HQEH não está lendo a Marguerite Yourcenar, não leu a Marguerite Yourcenar e não vai ler a Marguerite Yourcenar.

HQEH diz que não tem preconceito mas que se um dia estivesse numa mesma sala com todas as cantoras da MPB, não desencostaria da parede.

Coisas que você jamais encontrará em um HQEH: batom neutro para lábios ressequidos, pastilhas para refrescar o hálito, o telefone do Gabeira, entradas para um espetáculo de mímica.

Coisas que você jamais deve dizer a um HQEH: «Ton sur ton», «Vamos ao balé?», «Prove estas cebolinhas».

Coisas que você jamais vai ouvir um HQEH dizer: «Assumir», «Amei», «Minha porção mulher», «Acho que o *bordeau* fica melhor no sofá e a ráfia em cima do puf».

Não convide para a mesma mesa: um HQEH e o Silvinho.

HQEH acha que ainda há tempo de salvar o Brasil e já conseguiu a adesão de todos os Homens que são Homens que restam no país para uma campanha de regeneração do macho brasileiro.

Os quatro só não têm se reunido muito seguidamente porque pode parecer coisa de veado.

Nobel

– Viu quem ganhou o Nobel de Literatura?
– Quem?
– Este nem você conhece.
– Quem é?
– Um tal de Roger Paillac. Ninguém conhece.
– O Roger Paillac?
– Vai dizer que você conhece?
– Conheço. Mas jamais pensei que ele pudesse ganhar o...
– Espera um pouquinho. Você conhece o Roger Paillac?!
– Escuta aqui. Só porque você não conhece, não quer dizer que ele seja desconhecido.
– Mas todo mundo com quem eu falei, até agora, conhece ele até menos do que eu.
– Ora, todo mundo. É preciso ter um mínimo de informação. Está certo, não é um autor popular. Mesmo na França deve ter muita gente que não conhece.
– Mas *você* conhece o Marcel Paillac.
– Roger Paillac. Conheço. O que é que eu vou fazer? Conheço.
– É poeta, é?
– Parece que fez poesia também.
O que você leu dele?
Lembro de um conto. Uma espécie de conto. Uma coisa assim, meio impressionista. Não me impressionou muito. Nunca entendi muito bem a reputação dele com a nova crítica.

– Não foi ele que escreveu *Les oiseaux colerique?*

– Não, não. Não tem nada a ver.

– É mesmo. Aquele é o Fouchard de Brest. Quer dizer que o Jean-Louis Paillac...

– Roger Paillac.

– Jean-Louis.

– Roger.

– Tem certeza?

– Absoluta.

– Pois não é Jean-Louis nem Jean-Paul, nem Roger, nem Marcel.

– Como, não é?

– Eu inventei o nome. O Roger Paillac não ganhou prêmio Nobel e nunca vai ganhar porque não existe.

(Silêncio.)

– Rá. Te ganhei.

(Silêncio.)

– Escuta. Você... Eu... Era brincadeira... ESPERA! (Sons de briga. Alguém sendo esgoelado.)

– Socorro! *Au secour!* Soc.

(Silêncio.)

Brincadeira

Começou como uma brincadeira. Telefonou para um conhecido e disse:

– Eu sei de tudo.

Depois de um silêncio, o outro disse:

– Como é que você soube?

– Não interessa. Sei de tudo.

– Me faz um favor. Não espalha.

– Vou pensar.

– Por amor de Deus.

– Está bem. Mas olhe lá, hein?

Descobriu que tinha poder sobre as pessoas.

– Sei de tudo.

– Co-como?

– Sei de tudo.

– Tudo o quê?

– Você sabe.

– Mas é impossível. Como é que você descobriu?

A reação das pessoas variava. Algumas perguntavam em seguida:

– Alguém mais sabe?

Outras se tornavam agressivas:

– Está bem, você sabe. E daí?

– Daí nada. Só queria que você soubesse que eu sei.

– Se você contar para alguém, eu...

– Depende de você.

– De mim, como?

– Se você andar na linha, eu não conto.

– Certo.

Uma vez, parecia ter encontrado um inocente.

– Eu sei de tudo.

– Tudo o quê?

– Você sabe.

– Não sei. O que é que você sabe?

– Não se faça de inocente.

– Mas eu realmente não sei.

– Vem com essa.

– Você não sabe de nada.

– Ah, quer dizer que existe alguma coisa para saber, mas eu é que não sei o que é?

– Não existe nada.

– Olha que eu vou espalhar...

– Pode espalhar que é mentira.

– Como é que você sabe o que eu vou espalhar?

– Qualquer coisa que você espalhar será mentira.

– Está bem. Vou espalhar.

Mas dali a pouco veio um telefonema.

– Escute. Estive pensando melhor. Não espalha nada sobre aquilo.

– Aquilo o quê?

– Você sabe.

Passou a ser temido e respeitado. Volta e meia alguém se aproximava dele e sussurrava:

– Você contou para alguém?

– Ainda não.

– Puxa. Obrigado.

Com o tempo, ganhou reputação. Era de confiança. Um dia, foi procurado por um amigo com uma oferta de emprego. O salário era enorme.

– Por que eu? – quis saber.

– A posição é de muita responsabilidade – disse o amigo. Recomendei você.

– Por quê?

– Pela sua discrição.

Subiu na vida. Dele se dizia que sabia tudo sobre todos, mas nunca abria a boca para falar de ninguém. Além de bem informado, um *gentleman*. Até que recebeu um telefonema. Uma voz misteriosa que disse:

– Sei de tudo.

– Co-como?

– Sei de tudo.

– Tudo o quê?

– Você sabe.

Resolveu desaparecer. Mudou-se de cidade. Os amigos estranharam o seu desaparecimento repentino. Investigaram. O que ele estaria tramando? Finalmente foi descoberto numa praia remota. Os vizinhos contam que uma noite vieram muitos carros e cercaram a casa. Várias pessoas entraram na casa. Ouviram-se gritos. Os vizinhos contam que a voz que mais se ouvia era a dele, gritando:

– Era brincadeira! Era brincadeira!

Foi descoberto de manhã, assassinado. O crime nunca foi desvendado. Mas as pessoas que o conheciam não têm dúvidas sobre o motivo.

Sabia demais.

Espelhos

Chega um dia na vida de todo homem em que ele se olha no espelho de manhã e tem uma revelação estarrecedora: sua mulher está dormindo com outro! Depois ele olha melhor e vê que não é outro, é ele mesmo, mas por alguma razão inexplicável ele está com 40 anos. Acabou de entrar naquela terra mítica chamada meia-idade, outrora habitada apenas por pessoas estranhas como os pais da gente.

O espelho nos mostra o nosso contrário, nossa esquerda na nossa direita, mas este é o limite máximo da sua dissimulação. Fora isso, ele é de uma franqueza brutal e irrecorrível. Vivemos na era das relações públicas, é inadmissível que a nossa própria imagem nos trate com tanta crueza. É inadmissível que alguém lhe diga «Você tem 40 anos!» (ou 50, ou 60, ou até, meu Deus, mais!) assim na cara, mesmo que quem diga seja a sua própria cara. E de manhã, na hora em que, ainda amarrotado pelo sono e antes de botar o rosto que usará durante o dia, você está mais vulnerável. Se a cena pudesse ser confiada a um profissional da comunicação, seria diferente. O mal do mundo é que as piores notícias quase sempre nos são dadas por amadores. Se a sua imagem no espelho fosse confiada a um especialista em marquetchim, em vez da sua cara no espelho revelador você veria a da Isadora Ribeiro. E a Isadora Ribeiro diria «Aló, campeão».

Você checaria para ver se sua mulher ainda estava dormindo e voltaria para encarar o espelho.

– Você por aqui, Isadora?

– Vim para dizer que você vai ficar ótimo, grisalho.

– Grisalho, eu?

– Ficará mais maduro. As rugas realçarão o caráter, seja ele qual for. As entradas no cabelo deixarão você parecido com o Clint Eastwood, pelo menos da testa para cima. E se um queixo enfatiza a masculinidade, imagine dois.

– Rugas, entradas, queixos.. Isadora, você está querendo me dizer alguma coisa?

Ou então: é você mesmo quem aparece, e convida você a mergulhar de ponta-cabeça no espelho e descobrir como é a vida no outro lado dos 40. Você mergulha, e se vê num mundo muito parecido com o que deixou.

– Mas está tudo igual – comenta.

– Exato. Só você mudou um pouco.

Você testa os movimentos de braços e pernas. Tudo funciona normalmente. Mas não é isto que interessa.

– Como está o... a...

– Impulso sexual integral e constante por tempo indeterminado. Mas comece a evitar motéis com escada.

– Cuidados com a saúde?

– Diminua o consumo de carne branca, preta, amarela e mulata. Principalmente depois das refeições.

– Fora isso...

– Sua vida continuará a mesma, até com vantagens. O cabelo grisalho aumentará sua credibilidade, o que é sempre bom para os negócios. E você terá pretextos para sair de reuniões muito compridas, pois estará subentendido que precisa ir ao banheiro mais seguido.

– Então, que venham as rugas!

– Mas há o outro lado da questão...

– Qual?

– Se você não aprendeu a manejar um computador até agora, não aprenderá nunca mais. Os computadores vêm com um alarme embutido contra pessoas com mais de 40 anos. Se uma delas os toca, é ridicularizada na hora. Eles apitam, e aparece uma frase desaforada na tela.

— Que mais?

— Aquela menina nova no escritório.

— Sei.

— A parecida com a Isabelle Adjani, mas com coxas brasileiras.

— Sei.

— Ela vai sorrir para você...

— Sim?

— Vai se aproximar de você...

— Sim?

— E dizer: «Minha mãe diz que acha que já trabalhou com o senhor, tio.»

Não, não procure consolo no espelho tradicional, esse instrumento diabólico que há séculos destrói todas as nossas fantasias. Nossa esperança é a tecnologia: cedo ou tarde inventarão o espelho digital. Ele não refletirá a imagem, simplesmente. A captará e a transformará em impulsos eletrônicos, que podem ser manipulados pelo usuário. No painel do espelho digital haverá duas teclas: «A Verdade» e «Escolha Você Mesmo». Acionando esta última, você terá à sua disposição um menu de opções reconfortadoras para o que o espelho lhe mostrará, desde «20 anos menos» até «Richard Gere com outro nariz». Você poderá usar um recurso chamado «Retouch» que lhe permitirá...

Mas o que eu estou dizendo? De nada nos adiantará o espelho digital. Na idade em que precisarmos dele, não saberemos como manejá-lo.

Tios

Já o tio Dedé fazia questão de contar a sua vida, e a história que mais repetia era a do filme que fizera em Hollywood. Os mais velhos já estavam cansados de ouvir a história, mas sempre aparecia alguém novo para o tio Dedé impressionar.

– O senhor fez um filme em Hollywood, seu Dedé?

– Apareço numa cena.

– Que filme era?

– Você não deve ter visto. Não é do seu tempo. O nome em inglês era ailand ovilovi.

– Como é?

– Ailand ovilovi. Acho que nunca passou no Brasil.

– Com quem era?

– Dorothy Lamour. Não é do seu tempo.

– E como foi que o senhor entrou no filme?

– Eu fazia parte de um conjunto, Los Tropicales. Tocava bongô e cantava. Isso foi lá por quarenta e poucos. Época da guerra. Mas o conjunto se desfez em Los Angeles porque a cantora, Lupe, uma cubana, descobriu que o marido dela, que tocava pistom e se chamava, sabe como? Rafael Rafael. Assim mesmo, um nome duplo. Descobriu que o Rafael Rafael estava namorando uma pequena americana, aliás um pedaço…

E lá se ia o tio Dedé com a sua história, que mudava em alguns detalhes mas era sempre a mesma, mais ou menos elaborada de acordo com o grau de interesse de quem ouvia. Com Los Tropicales desfeito o tio Dedé precisara se virar em Los Angeles e acabara contratado como figurante num filme passado nos Mares do Sul, mas todo filmado em Hollywood mesmo. A cena em que o tio Dedé aparecia, segundo ele, era forte. Era num bar em que a Dorothy Lamour cantava. Ela passava pela sua mesa, cantando, tirava o cigarro da sua boca e lhe dava um beijo. «Até ficamos amigos», contava o tio Dedé.

Um dia...

— Titio! O seu filme não se chama *Island of love?*

— É esse mesmo.

— Vão passar hoje na televisão!

Grande sensação. A família toda se reuniu e convidou gente para ver «o filme do tio Dedé». Que estava estranhamente quieto quando se sentou na frente da TV. O filme começou, continuou e parecia estar terminando e nada de aparecer a cena do tio Dedé.

— Quando é, tio?

— Calma.

Mas o filme terminou e a cena não apareceu. Todos se viraram para o tio Dedé, numa interrogação muda. E então ele, depois de um instante de hesitação, pulou da cadeira e bradou aos Céus, indignado:

— Cortaram! Cortaram!

Jenesequá: Uma Parábola

O milionário era um *self-made man*. Tinha se feito a si mesmo, o que eximia seu pai e sua mãe de qualquer culpa. Possuía a maior cobertura com piscina da zona sul (do Brasil), carros do tamanho de iates e iates do tamanho de navios. A cada minuto do dia, ele ganhava o equivalente ao orçamento de um município dos médios. Entrava em qualquer banco do país pisando num tapete de subgerentes. Os filhos nas melhores escolas, a mulher nos melhores vestidos. Tudo o que o dinheiro podia comprar.

Mas lhe faltava, lhe faltava... faltava... ele não sabia o quê.

Nas suas organizações trabalhava um jovem de família antiga e tradicional mas que, devido às voltas do destino e da economia de mercado, perdera todo o seu dinheiro. Dessas famílias que antes produziam aristocratas rurais e hoje produzem secretários de embaixadas e relações-públicas. Você conhece a história. O milionário mandou chamar Rudi – seu nome era Rudi – e expôs a sua angústia.

«Tenho tudo o que o dinheiro pode comprar», disse o milionário, «mas me falta não sei o quê.»

Rudi cruzou as pernas, puxou o friso impecável das calças entre dois dedos manicurados e sentenciou:

«Já sei. Lhe falta *je ne sais quoi*.»

«Isso.»

O milionário pulou da cadeira. Rudi acertara na mosca. Ainda de pé, o milionário gritou outra vez:

«Isso! É exatamente o que me falta. *Jenesequá.* Eu quero que você me ajude a consegui-lo. Pago qualquer preço pelo *jenesequá.*»

«Qualquer preço», claro, era um exagero. O milionário não chegara onde estava pagando qualquer preço. Rudi ganhou um pequeno aumento. Foi transferido do Departamento de Relações Públicas para um cargo de assessor da Presidência e instalou-se num discreto escritório, ao alcance do chefe, que ele imediatamente decorou com alguns objetos pré-colombianos do melhor gosto. O escritório. Não o chefe.

Rudi passou a aconselhar o milionário na sua conduta social. O que dizer, como segurar a faca, onde ser visto e com quem e com que gravata. O objetivo do milionário, estabelecido com a mesma firmeza com que traçava os planos de produção da sua indústria e os horários de visita a sua amante, era claro. Em seis meses queria ser citado na coluna do Zózimo, como o maior *jenesequá* do Brasil.

Mas o trabalho de Rudi não era fácil. O milionário não aprendia. Rudi, por exemplo, o aconselhava a comparecer a determinado *vernissage.*

— Já sei. Chego lá e compro tudo.

— Não. Examine bem os quadros, escolha um de tamanho médio, nem muito caro, que pareça ostentação, nem muito barato, que pareça avareza, e compre sem estardalhaço. Comente depois que foi atraído pelo vigor contido no quadro, sua força hesitante, como o expressionismo embrionário do jovem Van Gogh.

— Vigor contido, força hesitante, expressionismo do jovem embrião.

— Do jovem Van Gogh.

— Deixa comigo.

Mas o milionário chegava à exposição, entusiasmava-se com o movimento, com as roupas, os nomes presentes — todos com *jenesequá* — e comprava tudo sem olhar. No dia seguinte as crônicas sociais comentavam a incontrolável ânsia de aparecer de certas pessoas que, misericordiosamente, permaneciam anônimas.

Foi depois de um jantar na *cobertura* do milionário em que, confuso com as recomendações do seu consultor sobre que vinhos servir com quais pratos, o anfitrião botou garrafas de Côte du Rhône tinto, brancos de Graves e *rosés* da Provence em cima da mesa e anunciou «Cada um escolhe o seu veneno e quem quiser guaraná também tem», que Rudi ameaçou desistir. Não era mais possível. Só concordou em continuar quando o milionário lhe prometeu um substancial aumento de salário. E ficou combinado que dali em diante Rudi acompanharia o milionário em todas as ocasiões, para evitar vexame.

Passaram a ir juntos a toda parte. E, em pouco tempo, freqüentando ambientes e convivendo com pessoas que o seu salário anterior proibia, Rudi tornou-se uma figura conhecida e admirada nas altas rodas da cidade. Para os outros, Rudi não era apenas um bem-sucedido homem de negócios, como provava o seu óbvio *status* dentro das organizações do milionário grosso, aquele – como era mesmo o nome dele? Era um homem fino, inteligente, civilizado. Bastava ver como ele contornava, com tato e bom humor, as incríveis gafes do seu patrão. Começou a ser citado com freqüência nas colunas sociais. Suas frases de espírito eram repetidas. O corte da sua lapela era imitado. Todos concordavam: Rudi estava perdendo o seu tempo como um subalterno. Era um executivo nato.

Não demorou muito para ser convidado a dirigir um grande consórcio de empresas com capital estrangeiro, depois de maravilhar os donos americanos com a sua pronúncia de inglês e seu conhecimento de *bourbons*. Sua vida então passou a ser um anúncio de Hiltons. Só na decoração do seu escritório gastou toda a verba de RP das suas empresas, e em seis meses estava na rua, com indenização suficiente apenas para pagar a conta do *paté*.

Je ne sais quoi não faltava a Rudi. Faltava, faltava...

Faltava ele não sabia o quê.

Farsa

Quando ouviu o ruído da porta do apartamento sendo aberta a mulher soergueu-se ligeiro na cama e disse, ela realmente disse:

– Céus, meu marido!

O amante ergueu-se também, espantado, menos com o marido do que com a frase.

– O que foi que você disse?

– Eu disse «Céus, meu marido!»

– Foi o que pensei, mas não quis acreditar.

– Ele me disse que ia para São Paulo!

– Talvez não seja ele. Talvez seja um ladrão.

– Seria sorte demais. É ele. E vem vindo para o quarto. Rápido, esconda-se dentro do armário!

– O quê? Não. Tudo menos o armário!

– Então embaixo da cama.

– O armário é melhor.

O amante pulou da cama, pegou sua roupa de cima da cadeira e entrou no armário, pensando «Isto não pode estar acontecendo». Começou a rir, descontroladamente. Até se lembrar de que tinha deixado seus sapatos ao lado da cama. Ouviu a porta do quarto se abrir. E a voz do marido.

– Com quem você estava conversando?

– Eu? Com ninguém. Era a televisão. E você não disse que ia para São Paulo?

– Espere. Aqui no quarto não tem televisão.

– Não mude de assunto. O que é que você está fazendo em casa?

O amante começou a rir. Não podia se conter; mesmo sentindo que assim fazia o armário sacudir. Tapou a boca com a mão. Ouviu o marido perguntar:

– Que barulho é esse?

– Não interessa. Por que você não está em São Paulo?

– Não precisei ir, pronto. Estes sapatos...

O amante gelou. Mas o marido se referia aos próprios sapatos, que estavam apertados. Agora devia estar tirando os sapatos. Silêncio. O ruído da porta do banheiro sendo aberta e depois fechada. Marido no banheiro. O amante ia começar a rir outra vez quando a porta do armário se abriu subitamente e ele quase deu um berro. Era a mulher para lhe entregar seus sapatos. Ela fechou a porta do armário e se atirou de novo na cama antes que ele pudesse avisar que aqueles sapatos não eram os dele, eram os do marido. Loucura!

Porta do banheiro se abrindo. Marido de volta ao quarto. Longo silêncio. Voz do marido:

– Estes sapatos...

– O que é que tem?

– De quem são?

– Como, de quem são? São os seus. Você acabou de tirar.

– Estes sapatos nunca foram meus.

Silêncio. Mulher obviamente examinando os sapatos e dando-se conta do seu erro. O amante, ainda por cima, com falta de ar. Voz da mulher, agressiva:

– Onde foi que você arranjou estes sapatos?

– Estes sapatos não são meus, eu já disse!

– Exatamente. E de quem são? Como é que você sai de casa com um par de sapatos e chega com outro?

– Espera aí...

– Onde foi que você andou? Vamos, responda!

– Eu cheguei em casa com os mesmos sapatos que saí. Estes é que não são os meus sapatos.

– São os sapatos que você tirou. Você mesmo disse que estavam apertados. Logo, não eram os seus. Quero explicações.

– Só um momentinho. Só um momentinho!

Silêncio. Marido tentando pensar em alguma coisa para dizer. Finalmente, a voz da mulher, triunfante:

– Estou esperando.

Marido reagrupando as suas forças. Passando para o ataque.

– Tenho certeza absoluta – absoluta! – de que não entrei neste quarto com estes sapatos. E olhe só, eles não podiam estar apertados porque são maiores do que o meu pé.

Outro silêncio. A mulher, friamente:

– Então só há uma explicação.

O marido:

– Qual?

– Eu estava com outro homem aqui dentro quando você chegou. Ele pulou para dentro do armário e esqueceu os sapatos.

Silêncio terrível. O amante prenderia a respiração se não precisasse de ar. A mulher continuou:

– Mas, nesse caso, onde é que estão os seus sapatos?

O homem, sem muita convicção:

– Você poderia ter entregue os meus sapatos para o homem dentro do armário, por engano.

– Muito bem. Agora, além de adúltera, você está me chamando de burra. Muito obrigada.

– Não sei não, não sei não. E eu ouvi vozes aqui dentro...

– Então faz o seguinte. Vai até o armário e abre a porta.

O amante sentiu que o armário sacudia. Mas agora não era o seu riso. Era o seu coração. Ouviu os pés descalços do marido aproximando-se do armário. Preparou-se para dar um pulo e sair correndo do quarto e do apartamento antes que o marido se recuperasse. Derrubaria o marido na passagem. Afinal, tinha os pés maiores. Mas a mulher falou:

– Você sabe, é claro, que no momento em que abrir essa porta estará arruinando o nosso casamento. Se não houver ninguém aí dentro, nunca conseguiremos conviver com o fato de que você pensou que havia. Será o fim.

– E se houver alguém?

– Aí será pior. Se houver um amante de cuecas dentro do armário, o nosso casamento se transformará numa farsa de terceira categoria. Em teatro barato. Não poderemos conviver com o ridículo. Também será o fim.

Depois de alguns minutos, o marido disse:

– De qualquer maneira, eu preciso abrir a porta do armário para guardar a minha roupa...

– Abra. Mas pense no que eu disse.

Lentamente, o marido abriu a porta do armário. Marido e amante se encararam. Nenhum dos dois disse nada. Depois de três ou quatro minutos o marido disse: «Com licença» e começou a pendurar sua roupa. O amante saiu lentamente de dentro do armário, também pedindo licença, e se dirigiu para a porta. Parou quando ouviu um «Psiu». Disse:

– É comigo?

– É – disse o marido. – Os meus sapatos.

O amante se lembrou de que estava com os sapatos errados na mão, junto com o resto da sua roupa. Colocou os sapatos do marido no chão e pegou os seus. Saiu pela porta e não se falou mais nisso.

Cantada

– Eu sei que você vai rir, mas...

– Sim?

– Por favor, não pense que é paquera.

– Não penso, não. Pode falar.

– Eu não conheço você de algum lugar?

– Pode ser...

– Nice. 1971. Saguão do Hotel Negresco. Promenade des Anglais. Quem nos apresentou foi o barão... o barão... Como é mesmo o nome dele?

– Não, não. Em 71 eu não estive em Nice.

– Pode ter sido em 77. Estou quente?

– Que mês?

– Abril?

– Não.

– Agosto?

– Agosto? No forte da estação? Deus me livre.

– Claro. Eu também nunca estive em Nice em agosto. Onde é que eu estou com a cabeça?

– Não terá sido em Portofino?

– Quando?

– Outubro, 72. Eu era convidada no iate do comendador... comendador...

– Petrinelli.

– Não. Ele era comprido e branco.

– O comendador?

– Não, o iate. Tenho uma vaga lembrança de ter visto o seu rosto...

– Impossível. Há anos que eu não vou a Portofino. Desde que perdi tudo o que tinha no cassino há... Meu Deus, sete anos!

– Mas, que eu saiba, Portofino não tem cassino.

– Era um cassino clandestino na casa de verão do conde... do conde...

– Ah, sim, eu ouvi falar.

– Como era o nome do conde?

– Farci D'Amieu.

– Esse.

– Você perdeu tudo no jogo?

– Tudo. Minha salvação foi uma milionária boliviana que me adotou. Vivi durante um mês à custa do trabalho escravo nas minas de estanho. Que remorso. O caviar não passava na garganta. Felizmente minha família mandou dinheiro. Fui salvo do inferno pelo Banco do Brasil.

– Bom, se não foi em Portofino, então...

– Nova Iorque! Tenho certeza de que foi em Nova Iorque! Você não esteve no apartamento da Elizinha, no jantar para o rei da Grécia?

– Estive.

– Então está desvendado o mistério! Foi lá que nos conhecemos.

– Espere um pouquinho. Agora estou me lembrando. Não era para o rei da Grécia. Era para o rei da Turquia. Outra festa.

– A Turquia, que eu saiba, não tem rei.

– É um clandestino. Ele fundou um governo no exílio: 24.º andar do Olympic Tower. É o único apartamento de Nova Iorque que tem cabritos pastando no tapete.

– Espere! Já sei. Matei. Saint-Moritz. Inverno de...

– 79?

– Isso.

– Então não era eu. Estive lá em 78.

– Então foi 78.

– Não pode ter sido. Eu estava incógnita. Esquiava com uma máscara. Não falei com ninguém.

– Então era você a esquiadora mascarada! Diziam que era a Farah Diba.

– Era eu mesma.

– Meu Deus, onde foi que nos encontramos, então?

– Londres lhe diz alguma coisa?

– Londres, Londres...

– A casa de Lady Asquith, em Mayfair?

– A querida Lady Asquith. Conheço bem. Mas nunca estive na sua casa da cidade. Só na sua casa de campo.

– Em Devonshire?

– Não é Hamptonshire?

– Pode ser. Sempre confundo os shires.

– Se não foi em Londres, então... Onde?

– Precisamos descobrir. Hoje eu não durmo sem descobrir onde nos conhecemos.

– No meu apartamento ou no seu?

***

– Mmmm. Foi ótimo.

– Para mim também.

– Quer um cigarro?

– Tem Galoise? Depois de morar em Paris, não me acostumo com outro.

– Diga a verdade. Você alguma vez morou em Paris?

– Minha querida! Tenho uma suíte reservada no Plaza Athenee.

– A verdade...

– Está bem, não é uma suíte. Um quarto.

– Confesse. Era tudo mentira.

– Como é que você descobriu?

– O conde de Farci D'Amieu. Não existe. Eu inventei o nome.

– Se você sabia que eu estava mentindo, então por quê...

– Porque gostei de você. Se você tivesse chegado e dito «Topas?» eu teria respondido «Topo». De onde você tirou tudo aquilo? Hotel Negresco, Saint-Moritz.

– Não perco a coluna do Zózimo. Vi você e pensei, com aquela ali a cantada é outro nível. Agora, me diga uma coisa.

– O quê?

– Você esquiava mesmo de máscara em Saint-Moritz?

– Nunca esquiei na minha vida. Nunca saí do Brasil. Eu não conheço nem a Bahia.

– Eu sei que você vai rir, mas...

– O quê?

– Eu conheço você de algum lugar, mesmo.

– Guarapari. Há três anos. Mamãe foi fazer um tratamento de lodo. Nos conhecemos na praia.

– Mas claro! Agora me lembro. Não reconheci você sem o maiô.

– Você quer o cigarro, afinal?

– Que marca tem?

– Oliú.

– Manda.

A Verdade

Uma donzela estava um dia sentada à beira de um riacho, deixando a água do riacho passar por entre os seus dedos muito brancos, quando sentiu o seu anel de diamante ser levado pelas águas. Temendo o castigo do pai, a donzela contou em casa que fora assaltada por um homem no bosque e que ele arrancara o anel de diamante do seu dedo e a deixara desfalecida sobre um canteiro de margaridas. O pai e os irmãos da donzela foram atrás do assaltante e encontraram um homem dormindo no bosque, e o mataram, mas não encontraram o anel de diamante. E a donzela disse:

– Agora me lembro, não era um homem, eram dois.

E o pai e os irmãos da donzela saíram atrás do segundo homem, e o encontraram, e o mataram, mas ele também não tinha o anel. E a donzela disse:

– Então está com o terceiro!

Pois se lembrara que havia um terceiro assaltante. E o pai e os irmãos da donzela saíram no encalço do terceiro assaltante, e o encontraram no bosque. Mas não o mataram, pois estavam fartos de sangue. E trouxeram o homem para a aldeia, e o revistaram, e encontraram no seu bolso o anel de diamante da donzela, para espanto dela.

– Foi ele que assaltou a donzela, e arrancou o anel de seu dedo, e a deixou desfalecida – gritaram os aldeões. – Matem-no!

– Esperem! – gritou o homem, no momento em que passavam a corda da forca pelo seu pescoço. – Eu não roubei o anel. Foi ela que me deu!

E apontou a donzela, diante do escândalo de todos.

O homem contou que estava sentado à beira do riacho, pescando, quando a donzela se aproximou dele e pediu um beijo. Ele deu o beijo. Depois a donzela tirara a roupa e pedira que ele a possuísse, pois queria saber o que era o amor. Mas como era um homem honrado, ele resistira, e dissera que a donzela devia ter paciência, pois conheceria o amor do marido no seu leito de núpcias. Então a donzela lhe oferecera o anel, dizendo: «Já que meus encantos não o seduzem, este anel comprará o seu amor.» E ele sucumbira, Pois era pobre, e a necessidade é o algoz da honra.

Todos se viraram contra a donzela e gritaram: «Rameira! Impura! Diaba!» e exigiram seu sacrifício. E o próprio pai da donzela passou a forca para o seu pescoço.

Antes de morrer, a donzela disse para o pescador:

114
– A sua mentira era maior que a minha. Eles mataram pela minha mentira e vão matar pela sua. Onde está, afinal, a verdade?

O pescador deu de ombros e disse:

– A verdade é que eu achei o anel na barriga de um peixe. Mas quem acreditaria nisso? O pessoal quer violência e sexo, não histórias de pescador.

A Verdade Sobre o Dia Primeiro de Abril

O ano nem sempre foi como nós o conhecemos agora. Por exemplo: no antigo calendário romano, abril era o segundo mês do ano. E na França, até meados do século XVI, abril era o primeiro mês. Como havia o hábito de dar presentes no começo de cada ano, o primeiro dia de abril era, para os franceses da época, o que o Natal é para nós hoje, um dia de alegrias, salvo para quem ganhava meias ou uma água-de-colônia barata. Com a introdução do calendário gregoriano, em 1564, primeiro de janeiro passou a ser o primeiro dia do ano e, portanto, o dia dos presentes. E primeiro de abril passou a ser um falso Natal – o dia de não se ganhar mais nada. Por extensão, o dia de ser iludido. Por extensão, o Dia da Mentira.

VOCÊ ACREDITOU NESSA?

Há outra. No hemisfério Norte, onde tudo é o contrário do hemisfério Sul – inclusive, em muitos países, corrupto vai para a cadeia, imagine! –, a primavera está no auge em abril. «Abril» viria, mesmo, do latim «Aprilis», que viria de «Aperire», ou «Abrir», pois a primavera é a estação em que os botões se abrem, tanto das flores quanto das roupas, e o pólen está no ar, e as abelhas voam, os camponeses correm atrás das camponesas e, como se não bastasse toda esta confusão, os alérgicos espirram e os pássaros cantam. Um dos primeiros pássaros a cantar a chegada da primavera é o cuco, cuja característica é imitar a voz de outros pássaros, tanto que os assim chamados relógios-cucos não deviam ter este nome, já que o que o passarinho canta quando sai da janelinha nunca é o seu próprio canto, é plágio. O primeiro dia de abril, na Europa, era, portanto, o Dia do Cuco, que saía do seu ninho para espalhar a discórdia, já que ora imitava um pássaro, ora imitava outro. E a todas estas horas as camponesas voavam, as abelhas perseguiam os camponeses pelos campos e os alérgicos floriam e as flores espirravam e os padres mandavam parar essa pouca-vergonha, já! E matem aquele cuco. Primeiro de abril era o Dia do Cuco. O cuco é um pássaro mentiroso. Aliás, até hoje, ninguém, fora alguns parentes mais chegados, sabe como é o canto real de um cuco, já que ele sempre canta como outro. Logo, primeiro de abril ficou como o dia dos mentirosos.

ESSA CONVENCEU?

Aqui vai outra. Na verdade tudo vem da Índia, onde desde tempos imemoráveis existe o Festival de Huli, uma festa que dura um mês e em que tudo é ao contrário, tanto que ela começa no dia 30 de abril e termina no dia primeiro, quando as pessoas entram nas suas casas, de costas e começam a se preparar para a festa que já houve. O último dia do Festival de Huli é reservado para o «Vahila», que em sânscrito quer dizer «Tirar um Sarro», que é quando as pessoas recebem incumbências absurdas, como – isto já na época do domínio britânico – levantar a saia da estátua da rainha Vitória para ver se a calcinha também era de bronze. Foram, aliás, os ingleses que levaram a tradição do Huli para a Europa, junto com o *curry* e a malária.

Uma destas é a verdadeira origem do primeiro de abril. Mas, claro, isto também pode ser mentira...

A Fidelidade

Ele chegou na praia numa terça-feira, que é um dia esquisito. Vieram do banho de mar e deram com o pai na varanda. «Ué», observaram. Pouco depois chegou a mulher e também estranhou ele ali, numa terça e com aquela cara. Pensou no pior. «A mamãe!» Não, não, a mãe dela estava bem, tudo na cidade estava bem, ele sentira saudade, pegara o carro e viera para a praia. Só isso.

Mais tarde, longe das crianças, disse a verdade:

– Me contaram que você tem um namorado.

A mulher deu uma gargalhada. Mas quem é que tinha contado tamanha bobagem?

– Me contaram – disse ele, vago. E acrescentou: – Um surfista.

– Eu, namorando um surfista?!

A mulher não podia acreditar que ele tinha acreditado numa história daquelas. Logo ela! Ele foi dramático:

– Me preocupo com as crianças.

– Mas isso é uma loucura! Eu, namorando um garoto?

– Eu não falei na idade do surfista – disse ele, como se isto a incriminasse sem apelação.

Ela tentou brincar:

– Homem, aqui, só tem garoto, velho ou brigadiano.

Ele não riu. Estava resignado. Talvez merecesse a infidelidade dela. Mas se preocupava com as crianças. Ela o abraçou. Mas o que era aquilo? Depois de tantos anos de casado, aquela desconfiança? Nunca tinham desconfiado um do outro. Nunca. Ela o afastou. Disse:

— Isso é coisa da Marjóri, não é? Aposto que é coisa da Marjóri.

Não. Não era coisa da Marjóri. Um telefonema anônimo. Ele se esforçara para não dar importância ao telefonema. Se esforçara para não acreditar. Mas não resistira.

— Me desculpe...

Ela o abraçou de novo, emocionada. Fez ele jurar uma coisa:

— Nunca, mas nunca mais vamos desconfiar um do outro. Promete?

— Prometo.

Abraçaram-se e beijaram-se longamente, até uma das crianças vir mostrar o sapo que achara no banheiro.

— Você dorme aqui, hoje? – perguntou a mulher.

— Não. Tenho um compromisso na cidade amanhã cedo.

Voltou para Porto Alegre no fim da tarde. Seu compromisso era naquela noite mesmo, e ela se chamava Maitê. Com a história do telefonema anônimo tinha conseguido um *habeas-corpus* preventivo. Que diabo, pensou, com o mundo neste estado, aquele podia ser o último verão da sua vida. Mas não conseguiu nem encarar o guarda no pedágio.

Ascendências

Uma vez o nosso grupo decidiu comparar árvores genealógicas e, como estivéssemos naquela idade em que ninguém com mais de 40 anos nos interessava muito, ainda mais da família, cada um inventou o que pôde. Eu improvisei um remoto príncipe calabrês entre meus antepassados, outro disse que era «meio Orleans e Bragança», mas quem ganhou nossa admiração maior foi o Binho, que declarou o seguinte: era descendente de um meio-irmão de Jesus Cristo.

– O quê?!

Binho manteve a ascendência em meio à descrença geral, sem piscar. E ainda elaborou. Se havia alguém com sobra de razões para ter outra mulher, era São José. Ele tivera filhos com a outra. Um desses filhos dera início a uma linhagem que acabara no velho Moisés, pai do Binho, que emigrara para o Brasil.

– Espera um pouquinho. Na Bíblia não tem nada sobre a outra família do José.

Binho sorriu com superioridade. E ia ter? Logo na Bíblia?

– E por que a sua família nunca falou nada?

O consenso no grupo era de que uma descendência como aquela merecia destaque nacional. Talvez até valesse dinheiro. O pai do Binho podia ter alguma coisa a receber no Vaticano, sei lá.

O Binho continuou sorrindo com a nossa ignorância. Era claro que a família não podia falar nada a respeito. O velho José sempre fora muito discreto. Não podiam trair o segredo do antepassado ilustre.

O fato é que a revelação do Binho mexeu conosco. No dia seguinte o Tuca apareceu com a notícia. Soubera em casa que eles também eram parentes de uma figura histórica importantíssima.

– Quem?

– Hércules.

Contos de Verão

1. Nestor

– «Nestor» – repetiu ela. Depois: – Ninguém mais se chama Nestor.

– Devo ser o último.

– Você tem alguma outra coisa diferente?

– Faço isto.

Dobrou o dedo indicador para trás, até quase tocar o braço.

– Que mais?

– Multiplico qualquer número por qualquer número, até três dígitos.

– Trezentos e vinte e quatro vezes duzentos e um.

Ele fechou os olhos para pensar. Depois abriu-os e perguntou:

– Por quê?

– Como, «por quê»?

– Eu sei a resposta, mas só digo se você for adiante.

– Como, «for adiante»?

– For adiante. Perguntar tudo a meu respeito. Me contar tudo a seu respeito. Se nós passarmos deste ponto, não podemos voltar atrás. Vamos nos conhecer profundamente. Vamos ter um relacionamento intenso e total.

– Como «total»?

– Precisamos nos definir agora. Ou isto é um encontro casual na praia, e não significa nada, e nunca mais nos veremos, ou é o encontro das nossas vidas. Você escolhe. Eu já fiz a multiplicação na cabeça e já sei a resposta, mas só digo se você estiver disposta a ir adiante.

Ela hesitou. Disse:

– Eu tenho namorado.

– Então acho melhor parar por aqui.

Ela fechou um olho, fez uma careta e perguntou:

– Você é *muito* estranho?

– Não posso dizer. Você vai descobrir. Ou não.

Nova hesitação. Ela fazendo um buraco na areia com o calcanhar, tentando se decidir. Finalmente:

– Tá bom. Qual é o resultado?

– Sessenta e cinco mil, cento e vinte e quatro.

– Como é que eu sei se está certo?

– Você *não* sabe.

Dezessete anos depois ela perguntou se naquele dia, na praia, ele tinha acertado mesmo o número, e ele, apertando as correntes em torno do bustiê de couro preto que ela usava sobre a pele, respondeu:

– E eu me lembro?

2. Destino

– Sandoval não é um nome. É um destino.

Ele ficou só olhando, sem saber se ela estava caçoando ou filosofando. Depois perguntou:

– E o seu?

– Maria Alice.

Depois, sorrindo tristemente, ela disse:

– Meus pais não quiseram se arriscar.

E chamou um sorveteiro e pediu um Kibon de coco.

3. Ana Paula

– «Ana Paula?!»

– É. Por quê?

– Conta outra.

– Meu nome é Ana Paula.

– Você não vai acreditar, mas eu sempre sonhei em encontrar uma Ana Paula.

– Mesmo?!

– E o meu sonho era... você. Escrito.

– Mesmo?!

– O cabelo, os olhos, até o formato do rosto.

– Que coisa!

– Sabe de uma coisa? Eu estou achando isso muito suspeito.

– Suspeito?

– Você não se chama Ana Paula, chama?

– Juro!

– Está pensando o quê? Pode parar.

– Mas...

– Você não me engana. Está tudo perfeito demais. Até o dentinho um pouco torto. Aí tem coisa. Peralá.

– Que coisa podia ter?

– Você acha que os sonhos se realizam, assim, no mais?

– Só sei que o meu nome é Ana Paula.

– Você ia chegar assim, como eu sempre sonhei? Até o jeito de falar? Pára.

– Desculpe se eu...

– Não. Pára. Aí tem coisa. Comigo não. Não caio nessa.

E ele se afastou às pressas, fugindo, quase derrubando o sorveteiro.

4. Dúvida

– Não me diga que você é o Santoro!

– Não sei. Será que sou?

– Amigo do Nelinho? Faixa preta? Batalhão de Suez? Aquela confusão na Joaquina? Ex-noivo da mulher do Alemão? O do caso do furgão incendiado que quase acabou com o Borba?

– Ahn... Como é o sobrenome desse Nelinho?

5. Levante

– Sumeris.

– Bonito nome. Estranho.

– Pois é.

– Era uma deusa do Oriente, não era?

– Sei lá.

– O meu é Pio.

– «Pio?!»

– Pio.

– De passarinho?

– Não, de devoto. Minha família era muito religiosa.

– Pio...

– Você é uma deusa?

– Ai, ai, ai...

– Do Oriente?

– Não sei. Carazinho é Oriente ou Ocidente?

Mas antes que a noite acabasse ele descobriria atrás da orelha dela um perfume de cedro e jasmim, e lamberia das suas coxas o sal de Bet'said, que sustentava as caravanas.

Lar Desfeito

José e Maria estavam casados há 20 anos e eram muito felizes um com o outro. Tão felizes que um dia, na mesa, a filha mais velha reclamou:

– Vocês nunca brigam?

José e Maria se entreolharam. José respondeu:

– Não, minha filha. Sua mãe e eu não brigamos.

– Nunca brigaram? – quis saber Vítor, o filho do meio.

– Claro que já brigamos. Mas sempre fizemos as pazes.

– Na verdade, brigas, mesmo, nunca tivemos. Desentendimentos, como todo mundo. Mas sempre nos demos muito bem...

– Coisa mais chata – disse Venancinho, o menor.

Vera, a filha mais velha, tinha uma amiga, Nora, que a deixava fascinada com suas histórias de casa. Os pais de Nora viviam brigando. Era um drama. Nora contava tudo para Vera. Às vezes chorava. Vera consolava a amiga. Mas no fundo tinha uma certa inveja. Nora era infeliz. Devia ser bacana ser infeliz assim. O sonho de Vera era ter um problema em casa para poder ser revoltada como Nora. Ter olheiras como Nora.

Vítor, o filho do meio, freqüentava muito a casa de Sérgio, seu melhor amigo. Os pais de Sérgio estavam separados. O pai de Sérgio tinha um dia certo para sair com ele. Domingo.

Iam ao parque de diversões, ao cinema, ao futebol. O pai de Sérgio namorava uma moça do teatro. E a mãe de Sérgio recebia visitas de um senhor muito camarada que sempre trazia presentes para Sérgio.

Venancinho, o filho menor, também tinha amigos com problemas em casa. A mãe do Haroldo, por exemplo, tinha se divorciado do pai do Haroldo e casado com um cara divorciado. O padrasto de Haroldo tinha uma filha de 11 anos que podia tocar o *Danúbio azul* espremendo uma das mãos na axila, o que deixava a mãe do Haroldo louca. A mãe do Haroldo gritava muito com o marido.

Bacana.

— Eu não agüento mais esta situação — disse Vera, na mesa, dramática.

— Que situação, minha filha?

— Essa felicidade de vocês!

— Vocês deviam ter o cuidado de não fazer isso na nossa frente — disse Vítor.

— Mas nós não fazemos nada!

— Exatamente.

Venancinho batia com o talher na mesa e reivindicava:

— Briga. Briga. Briga.

José e Maria concordavam que aquilo não podia continuar. Precisavam pensar nas crianças. Antes de mais nada, nas crianças. Manteriam uma fachada de desacordo, ódio e desconfiança na frente deles, para esconder a harmonia. Não seria fácil. Inventariam coisas. Trocariam acusações fictícias e insultos.

Tudo para não traumatizar os filhos.

— Víbora, não! — gritou Maria, começando a erguer-se do seu lugar na mesa com a faca serrilhada na mão.

José também ergueu-se e empunhou a cadeira.

— Víbora, sim! Vem que eu te arrebento.

Maria avançou. Vera agarrou-se ao seu braço.

— Mamãe. Não!

Vítor segurou o pai. Venancinho, que estava de boca aberta e os olhos arregalados desde o começo da discussão — a pior até então –, achou melhor pular da cadeira e procurar um canto neutro da sala de jantar.

Depois daquela cena, nada mais havia a fazer. O casal teria que se separar. Os advogados cuidariam de tudo. Eles não podiam mais nem se enxergar.

Agora era Nora que consolava Vera. Os pais eram assim mesmo. Ela tinha experiência. A família era uma instituição podre. Sozinha, na frente do espelho, Vera imitava a boca de desdém de Nora.

– Podre. Tudo podre.

E esfregava os olhos, para que ficassem vermelhos. Ainda não tinha olheiras, mas elas viriam com o tempo. Ela seria amarga e agressiva. A pálida filha de um lar desfeito. Um pouco de pó-de-arroz talvez ajudasse.

Vítor e Venancinho saíam aos domingos com o pai. Uma vez foram ao Maracanã junto com Sérgio, o pai do Sérgio e a namorada do pai do Sérgio, a moça do teatro. O pai do Sérgio perguntou se José não gostaria de conhecer uma amiga da sua namorada. Assim poderiam fazer mais programas juntos. José disse que achava que não. Precisava de tempo para se acostumar com sua nova situação. Sabe como é.

Maria não tinha namorado. Mas no mínimo duas vezes por semana desaparecia de casa, depois voltava menos nervosa. Os filhos tinham certeza de que ela ia se encontrar com um homem.

– Eles desconfiam de alguma coisa? – perguntou José.

– Acho que não – respondeu Maria.

Estavam os dois no motel onde se encontravam, no mínimo duas vezes por semana, escondidos.

– Será que fizemos o certo?

– Acho que sim. As crianças agora não se sentem mais deslocadas no meio dos amigos. Fizemos o que tinha que ser feito.

– Será que algum dia vamos poder viver juntos outra vez?

– Quando as crianças saírem de casa. Aí então estaremos livres das convenções sociais. Não precisaremos mais manter as aparências. Me beija.

Homens

Deus, que não tinha problemas de verba, nem uma oposição para ficar dizendo «Projetos faraônicos! Projetos faraônicos!», resolveu, numa semana em que não tinha mais nada para fazer, criar o mundo. E criou o céu e a terra e as estrelas, e viu que eram razoáveis. Mas achou que faltava vida na sua criação e – sem uma idéia muito firme do que queria – começou a experimentar com formas vivas. Fez amebas, insetos, répteis. As baratas, as formigas etc. Mas, apesar de algumas coisas bem resolvidas – a borboleta, por exemplo –, nada realmente o agradou. Decidiu que estava se reprimindo e partiu para grandes projetos: o mamute, o dinossauro e, numa fase especialmente megalomaníaca, a baleia. Mas ainda não era bem aquilo. Não chegou a renegar nada do que fez – a não ser o rinoceronte, que até hoje Ele diz que não foi Ele –, e tem explicações até para a girafa, citando Le Corbusier («A forma segue a função»). Mas queria outra coisa. E então bolou um bípede. Uma variação do macaco, sem tanto cabelo. Era quase o que Ele queria. Mas ainda não era bem aquilo. E, entusiasmado, Deus trancou-se na sua oficina e pôs-se a trabalhar. E moldou sua criatura, e abrandou suas feições, e arredondou suas formas, e tirou um pouquinho daqui e acrescentou um pouquinho ali. E criou a Mulher, e viu que era boa. E determinou que ela reinaria sobre a sua criação, pois era sua obra mais bem-acabada.

Infelizmente, o Diabo andou mexendo na lata de lixo de Deus e, com o que sobrou da Mulher, criou o Homem. E é por isso que, alguns milhões de anos depois, a Lalinha e o Teixeira estão sentados num bar, o Teixeira com as mãos da Lalinha entre as suas, olhando fundo nos seus olhos, tremendo romance, e de repente a Lalinha puxa as mãos violentamente.

— Seu grandessíssimo...

— O que é isso, Lalinha?

— Agora eu saquei. Saquei tudo. Foi ele que instruiu você!

— Você está delirando.

— Mas claro. Como eu fui boba. Como é que você ia saber que o meu perfume preferido era aquele? Foi o Vinícius que te disse.

— Lalinha, eu juro...

— Mas eu sou uma imbecil! E o disco. O primeiro disco que você me dá é justamente um disco do Ivan Lins... Meu Deus, até o beijo atrás da orelha!

O Teixeira olha em volta, preocupado. Lalinha está exaltada.

— Lalinha, calma.

— Posso até ver o Vinícius ensinando você. Olha, beija ela ali que é tiro e queda. Ele escolheu você a dedo. Sabia que você é do tipo que gosto. Igual a ele, o cachorro!

— Lalinha, eu juro pela minha mãe...

— Estava tudo bom demais para ser verdade. Agora tudo encaixa.

— Não é nada disso que você está pensando.

— Claro que é! Mas diz pro seu amigo Vinícius que não vai dar certo. Diz que quase deu, mas eu acordei a tempo. Diz que ele vai continuar me pagando pensão por muitos e muitos anos porque tão cedo eu não caso de novo. Ainda mais com um capacho como você!

— Lalinha, então você acha que eu ia me submeter a... Ô Lalinha!

— Acho sim, acho sim.

— Está certo. Foi isso mesmo. Mas eu me apaixonei de verdade, Lalinha. Nosso casamento ia ser um estouro. Vai ser um estouro.

— Pede a conta.

— Mas Lalinha...

— Pede a conta, Teixeira.

O Verdadeiro Você

Um homem só se conhece em duas situações: quando está sob a ameaça de uma arma ou quando quer conquistar uma mulher. Há quem diga que existe um terceiro teste: como o homem reage diante de um vitral da catedral de Chartres. Pode ter sido um materialista incréu a vida toda, mas diante de um vitral da catedral de Chartres se descobre um místico – ou não. Sei de céticos que, com certa luz do entardecer batendo nos vitrais da catedral de Chartres, chegaram a levitar alguns centímetros, até racionalizarem a situação e voltarem para o chão. Mas só nos conhecemos, mesmo, na frente de uma arma ou atrás de uma mulher.

Você pode argumentar que ambas são situações de descontrole emocional. Errado: o descontrole é o homem. O controle é o disfarce. Você deve se julgar pelo seu comportamento quando enfrentou a possibilidade da morte ou quando estava a fim da (o nome é hipotético) Gesileide. Aquela vez que você se escondeu atrás de um poste para ver se ela chegava em casa com alguém. Meia-noite e você atrás do poste, sob o olhar curioso de cachorros e porteiros, fingindo que lia a lista do bicho no escuro. Aquele imbecil – e não esse cidadão adulto, respeitável, razoável, comedido, talvez até com títulos – é você. Tudo o mais é a capa do imbecil essencial. Tudo o mais é fingimento. Você nunca foi tão você quanto atrás daquele poste.

Pense em tudo o que você já fez para conquistar uma mulher. Os falsos encontros casuais, cuidadosamente arquitetados. Os falsos telefonemas errados, só para ouvir a voz dela. («Telefonei para você? Onde eu estou com a cabeça!») As bobagens que você disse, tentando impressioná-la. Pior, as bobagens que você ensaiou em casa e disse como se tivesse pensado na hora. O que você lhe escreveu, sem revisão ou autocrítica. Aquele ridículo era você. Os dias e dias que você passou só pensando nela. O país desse jeito, e você só pensando nela. Sem dormir, pensando nela. Tanta coisa para fazer, e você escrevendo o nome dela sem parar. Gesileide (digamos), Gesileide, Gesileide... E as mentiras? E a vez que você inventou que era meio-primo do Julio Iglesias?

E o que você sofreu quando parecia que não ia dar certo? Como um adolescente. Aquele adolescente era você. Isso que você é agora é o disfarce, é o imbecil essencial em recesso provisório. Só o vexame é autêntico num homem.

Cultura

Ele disse: «O teu sorriso é como o primeiro suave susto de Julieta quando, das sombras perfumadas do jardim sob a janela insone, Romeu deu voz ao sublime Bardo e a própria noite aguçou seus ouvidos.»

E ela disse: «Corta essa.»

E ele disse: «A tua modéstia é como o rubor que assoma à face de rústicas campônias acossadas num quadro de Bruegel, pai, enaltecendo seu rubicundo encanto e derrotando o próprio simular de recato que a natureza, ao deflagrá-lo, quis.»

E ela disse: «Cumé que é?»

E ele: «Eu te amo como jamais um homem amou, como o Amor mesmo, em seu auto-amor, jamais se considerou capaz de amar.»

E ela: «Tô sabendo...»

«Tu és a chuva e eu sou a terra; tu és ar e eu sou fogo; tu és estrume, eu sou raiz.»

«Pô!»

«Desculpe. Esquece este último símile. Minha amada, minha vida. A inspiração é tanta que transborda e me foge, eu estou bêbado de paixão, o estilo tropeça no meio-fio, as frases caem do bolso...»

«Sei...»

«Os teus olhos são dois poços de águas claras onde brinca a luz da manhã, minha amada. A tua fronte é como o muro de alabastro do tempo de Zamaz-al-Kaad, onde os sábios iam roçar o nariz e pensar na Eternidade. A tua boca é uma tâmara partida... Não, a tua boca é como um... um... Pera só um pouquinho...»

«Tô só te cuidando.»

«A tua boca, a tua boca, a tua boca... (Uma imagem, meu Deus!)»

«Que qui tem a minha boca?»

«A tua boca, a tua boca... Bom, vamos pular a boca. O teu pescoço é como o pescoço de Greta Garbo na famosa cena da nuca em *Madame Walewska*, com Charles Boyer, dirigido por Clawrence Brown, iluminado por...»

«Escuta aqui.»

«Eu tremo! Eu desfaleço! Ela quer que eu a escute! Como se todo o meu ser não fosse uma membrana que espera a sua voz para reverberar de amor, como se o céu não fosse a campana e o Sol o badalo desta sinfonia espacial: uma palavra dela...»

«Tá ficando tarde.»

«Sim, envelhecemos. O Tempo, soturno cocheiro deste carro fúnebre que é a Vida. Como disse Eliot, aliás, Yeats – ou foi Lampedusa? –, o Tempo, esse surdo-mudo que nos leva às costas...»

«Vamos logo que hoje eu não posso ficar toda a noite.»

«Vamos! Para o Congresso Carnal. O monstro de duas costas do Bardo, acima citado. Que nossos espíritos entrelaçados alcem vôo e fujam, e os sentidos libertos ergam o timão e insuflem as velas para a tormentosa viagem ao vórtice da existência humana, onde, que, a, e, o, um, como, quando, por que, sei lá...»

«Vem logo.»

«Palavras, palavras...»

«Depressa!»

«Já vou. Ah, se com estas roupas eu pudesse despir tudo, civilização, educação, passado, história, nome, CPF, derme, epiderme... Uma união visceral, pâncreas e pâncreas, os dois corações se beijando através das grades das caixas torácicas como Glenn Ford e Diana Lynn em…»

«Vem. Assim. Isso. Acho que hoje vamos conseguir. Agora fica quieto e…»

«Já sei!»

«O quê? Volta aqui, pô…»

«Como um punhado de amoras na neve das estepes. A tua boca é como um punhado de amoras na neve das estepes!»

Terrinha

Ela não tirava os olhos dele, e ele pensou «Ué», e depois pensou «E eu neste estado», porque andava mal, mal vestido, mal barbeado, mal dormido, mal vivido, o que será que essa menina quer? Até que não é feia, mas... Meu Deus, ela vem vindo para cá. Deixa eu pelo menos alisar os ca...

– O quê?

– Como vai o Odipé?

Ele ficou confuso. Ia dizer «Não conheço ninguém com esse nome» e então se lembrou, o Odipé. A minha peça!

– Puxa, faz tanto tempo. Você viu, é?

– Devo ter visto umas 20 vezes.

– Puxa.

– Olha, eu sou sua, sei lá. Vidrada, viu?

Ele apalpou as costas para ver se a camisa estava para fora das calças, uma fã e eu neste estado.

– Então você é lá da terrinha, é?

– É, vim este ano estudar aqui, nunca pensei que fosse encontrar você, esta cidade é tão grande. Tudo que vocês faziam nós achávamos maravilhoso.

– Nós?

– É. Tem uma turma lá na terrinha, você nem vai acreditar, a gente imitava vocês. Fizemos até uma versão do Odipé na escola, deu o maior rolo. Teve pai de aluno que protestou. O maior escândalo.

– Ah, é?

«Ah, é...» É só isso que eu consigo dizer? «Ah, é...» Ela não vai me achar muito brilhante, mas ela não pára de falar. Está emocionada mesmo.

– Tudo que vocês faziam. Aquela vez do piquenique no cemitério. A passeata pela revogação da lei da gravidade, responsável por tantos tombos fatais. Minha mãe. Eu estou até sem respiração, é uma emoção muito grande. A mesa de vocês no bar do seu Pinto, sabe que a gente não deixava ninguém sentar nela? Ficou como uma espécie, assim, de relíquia, sei lá. Me diz uma coisa, uma coisa que eu sempre quis saber. Posso perguntar?

Pergunta, pergunta.

– Aquele poema que você leu no bar do seu Pinto, que você subiu na mesa e declamou, com o Bentevi tocando gaitinha de boca atrás, era para a Salma da dona Genuína?

– Olha, faz tanto tempo, que eu...

– Porque até hoje tem gente que discute se era para a Salma. Tem uma corrente que diz que era para a Maíra da farmácia e outra que diz que era para uma mulher mais velha, que era o teu amor secreto.

– Bem, eu...

– E o Bentevi? E a Russa? Vocês ainda se vêem? Todos os dias eu pegava um jornal daqui esperando ver o nome de vocês. Eu pensava: aqueles três vão estraçalhar na cidade grande. A Russa! Aquela parte do Odipé em que ela ia rasgando a túnica e gritando «Vísceras! Vísceras!», até hoje eu fico arrepiada. Vocês nunca fizeram nada aqui?

– Não, não. Nós... A gente até se vê pouco. O Bentevi esteve doente, aliás está internado, e a Russa...

– Sabe que cada um de nós queria ser vocês?

– Ah, é?

– A gente brigava. Eu quero ser o Bentevi! Eu quero ser a Russa!

– E você?

– Eu queria ser você.

Ele pensou, não vou dizer «Ah, é?». Vou dizer o quê? Ela continuou:

– Olha, vidrada, viu? Fã-clube mesmo.

– Ah, é?

– A terrinha, depois que vocês saíram... Vocês nunca mais voltaram lá?

Nunca, nunca. Nós nunca voltamos. Nunca mais. Nunca mesmo.

– Nunca.

– E o que você faz aqui? Desculpe as perguntas, é que eu estou emocionada. Meu ídolo!

Eu não vou dizer que sou escriturário e que esta é a minha hora de almoço. Ah, não vou.

– No momento, eu estou estudando uma proposta da Globo.

– Da Globo?! Espera até eu contar isso lá na terrinha! Espera só. Eu sabia que vocês iam estraçalhar na cidade grande.

O Encontro

Ela o encontrou pensativo em frente aos vinhos importados. Quis virar, mas era tarde, o carrinho dela parou junto ao pé dele. Ele a encarou, primeiro sem expressão, depois com surpresa, depois com embaraço, e no fim os dois sorriram. Tinham estado casados seis anos e separados, um. E aquela era a primeira vez que se encontravam depois da separação. Sorriram e ele falou antes dela; quase falaram ao mesmo tempo.

– Você está morando por aqui?

– Na casa do papai.

Na casa do papai! Ele sacudiu a cabeça, fingiu que arrumava alguma coisa dentro do seu carrinho – enlatados, bolachas, muitas garrafas –, tudo para ela não ver que ele estava muito emocionado.

Soubera da morte do ex-sogro, mas não se animara a ir ao enterro. Fora logo depois da separação, ele não tivera coragem de ir dar condolências formais à mulher que, uma semana antes, ele chamara de vaca. Como era mesmo que ele tinha dito? «Tu és uma vaca sem coração!» Ela não tinha nada de vaca, era uma mulher esbelta, mas não lhe ocorrera outro insulto. Fora a última palavra que lhe dissera. E ela o chamara de farsante. Achou melhor não perguntar pela mãe dela.

– E você? – perguntou ela, ainda sorrindo.

Continuava bonita.

– Tenho um apartamento aqui perto.

Fizera bem em não ir ao enterro do velho. Melhor que o primeiro reencontro fosse assim, informal, num supermercado, à noite. O que é que ela estaria fazendo ali àquela hora?

– Você sempre faz compras de madrugada?

Meu Deus, pensou, será que ela vai tomar a pergunta como ironia?

Esse tinha sido um dos problemas do casamento, ele nunca sabia como ela ia interpretar o que ele dizia. Por isso, ele a chamara de vaca no fim. *Vaca* não deixava dúvidas de que ele a desprezava.

– Não, não. É que estou com uns amigos lá em casa, resolvemos fazer alguma coisa para comer e não tinha nada em casa.

– Curioso, eu também tenho gente lá em casa e vim comprar bebidas, patê, essas coisas.

– Gozado.

Ela dissera *uns amigos.* Seria alguém do seu tempo? A velha turma? Ele nunca mais vira os antigos amigos do casal. Ela sempre fora mais social do que ele. Quem sabe era um *amigo*? Ela era uma mulher bonita, esbelta, claro que podia ter namorados, a vaca.

E ela estava pensando: ele odiava festas, odiava ter gente em casa. Programa, para ele, era ir para a casa do papai jogar buraco. Agora tem amigos em casa. Ou será uma *amiga*? Afinal ele ainda era moço... deixara a amiga no apartamento e viera fazer compras. E comprava vinhos importados, o farsante.

Ele pensou: ela não sente minha falta. Tem a casa cheia de amigos. E na certa viu que eu fiquei engasgado ao vê-la, pensa que eu sinto falta dela. Mas não vai ter essa satisfação, não senhora.

– Meu estoque de bebidas não dura muito. Tem sempre gente lá em casa – disse ele.

– Lá em casa também é uma festa atrás da outra.

– Você sempre gostou de festas.

– E você, não.

– A gente muda, né? Muda de hábitos...

– Tou vendo.

– Você não me reconheceria se viesse viver comigo outra vez.

Ela, ainda sorrindo:

– Que Deus me livre.

Os dois riram. Era um encontro informal.

Durante seis anos tinham se amado muito. Não podiam viver um sem o outro. Os amigos diziam: *esses dois, se um morrer o outro se suicida.* Os amigos não sabiam que havia sempre uma ameaça de malentendido com eles. Eles se amavam, mas não se entendiam. Era como se o amor fosse mais forte porque substituía o entendimento, tinha função acumulada. Ela interpretava o que ele dizia, ele não queria dizer nada.

Passaram juntos pela caixa, ele não se ofereceu para pagar, afinal era com a pensão que ele lhe pagava que ela dava festas para *uns amigos.* Ele pensou em perguntar pela mãe dela, ela pensou em perguntar se ele estava bem, se aquele problema do ácido úrico não voltara, começaram os dois a falar ao mesmo tempo, riram, depois se despediram sem dizer mais nada.

Quando ela chegou em casa ainda ouviu a mãe resmungar, da cama, que ela precisava acabar com aquela história de fazer as compras de madrugada. Que ela precisava ter amigos, fazer alguma coisa, em vez de ficar lamentando o marido perdido. Ela não disse nada. Guardou as compras antes de ir dormir.

Quando ele chegou ao apartamento, abriu uma lata de patê, o pacote de bolachas, abriu o vinho português, ficou bebendo e comendo sozinho, até ter sono e aí foi dormir.

Aquele farsante, pensou ela, antes de dormir.

Aquela vaca, pensou ele, antes de dormir.

Infidelidade

– Eu jamais fui infiel a minha mulher, doutor.

– Sim.

– Aliás, nunca tive outra mulher. Casei virgem.

– Certo.

– Mas, desde o começo, sempre que estava com ela, pensava em outra. Era a única maneira que conseguia, entende? Funcionar.

– Funcionar?

– Fazer amor. Sexo. O senhor sabe.

– Sei.

– No princípio, pensava na Gina Lollobrigida. O senhor se lembra da Gina Lollobrigida? Por um período, pensei na Sofia Loren. Fechava os olhos e imaginava aqueles seios. Aquela boca. E a Silvana Mangano. Também tive a minha fase de Silvana Mangano. Grandes coxas.

– Grandes.

– Às vezes, para variar, pensava na Brigitte Bardot. Aos sábados, por exemplo. Mas para o dia-a-dia, ou noite-a-noite, preferia as italianas.

– Não há nada de anormal nisso. Muitos homens...

– Claro, doutor. E mulheres também. Como é que eu sei que ela não estava pensando no Raf Valone o tempo todo? Pelo menos eram da mesma raça.

— Continue.

— Tive a minha fase americana. A Mitzi Gaynor.

— Mitzi Gaynor?!

— Para o senhor ver. A Jane Fonda, quando era mais moça. Algumas coelhinhas da Playboy. E tive a minha fase nacionalista. Sônia Braga. Vera Fischer. E então começou.

— O quê?

— Nada mais adiantava. Eu começava a pensar em todas as mulheres possíveis. Fechava os olhos e me concentrava. Nada. Eu não conseguia, não conseguia...

— Funcionar.

— Funcionar. Isso que nós já estávamos na fase da Upseola.

— Upseola?

— Uma por semana e olhe lá. Mas nada adiantava. Até que um dia pensei num aspirador de pó. E fiquei excitado. Por alguma razão, aquela imagem me excitava. Outro dia pensei num Studebaker 48. Deu resultado. Tive então a minha fase de objetos. Tentava pensar nas coisas mais estranhas. Um daqueles ovos de madeira, para cerzir meia. Me serviu duas vezes seguidas. Pincel atômico roxo. A estátua da Liberdade. A ponte Rio-Niterói. Tudo isto funcionou. Quando a minha mulher se aproximava de mim na cama eu começava, desesperadamente, a folhear um catálogo imaginário de coisas para pensar. O capacete do kaiser? Não. Uma Singer semi-automática? Também não. Um acordeom, quente, resfolegante... Mas, depois de um certo tempo, passou a fase das coisas. Tentei pensar em animais. Figuras históricas. Nada adiantava. E então, de repente, surgiu uma figura na minha imaginação. Uma mulher madura. O cabelo começando a ficar grisalho. Olhos castanhos... Era eu pensar nessa mulher e me excitava. Até mais de uma vez por semana. Até as segundas-feiras, doutor!

— E essa fase também passou?

— Não. Essa fase continua.

— Então, qual é o problema?

— O senhor não vê, doutor? Essa mulher que eu descrevi. É ela.

— Quem?

— A minha mulher. A minha própria mulher. Me ajude, doutor!

Check-up

Este ano pretendo cumprir rigorosamente a resolução que tomei no fim do ano passado: não mais tomar resoluções de ano-novo. Elas são promessas que fazemos à nossa consciência em que nem a consciência acredita mais. A minha já estava reagindo com bocejos a cada juramento que eu fazia para o ano-novo.

– Vou começar uma dieta. Séria, desta vez.

– Sei, sei.

– Vou ser tolerante, justo, sóbrio, equilibrado... e arrumar meus livros.

– Tudo bem.

– Fazer exercícios diários. Usar fio dental. Reler os clássicos. Não tudo ao mesmo tempo, claro.

– Certo, certo.

Mesmo com ar de enfaro, minha consciência não deixa de se submeter ao exame anual que faço nela, sempre nos últimos dias de dezembro. Uma espécie de *check-up* moral. Seu estado geral é bom. Não teve grandes provações no ano passado. Fiz algumas coisas que não devia, não fiz outras que devia, nada grave. Vamos poder continuar nos encarando – principalmente agora que eliminamos este ridículo ritual das resoluções de fim de ano da nossa relação. O homem maduro é o que desiste da virtude impossível para não perder a possível.